庶務行員
多加賀《たかが》主水《もんど》がぶっ飛ばす

江上 剛

祥伝社文庫

目次

第一章　主水、逮捕される⁉

1

――近頃、高田町界隈《たかだちょうかいわい》には「高田町稲荷《いなり》の遣《つか》い」と称する狐面《きつねめん》の男が現われ、悪人を退治してくれるという。

＊

毎週日曜日に神田川《かんだがわ》沿いをジョギングするのが、吉瀬紘一《きちせこういち》の習慣だった。

大学卒業後に第七明和《だいななめいわ》銀行に入行し、今年で八年が過ぎた。営業二課で中小企業融資《ゆうし》を担当しているが、毎日、むしゃくしゃして憂鬱《ゆううつ》が絶えない。

その原因は分かっている。営業成績が一向《いっこう》に上がらず、堀本憲一《ほりもとけんいち》課長から叱責《しっせき》を受けてばかりだからだ。ふと気を許すと、堀本課長の顔が脳裏《のうり》にフラッシュバックする。

——吉瀬、知っているか？

堀本はいつも、蛇《へび》が獲物を狙《ねら》うような目で紘一を睨《にら》む。

——何を、ですか？

紘一はびくびくとした表情で聞く。どうせろくでもないことだろうとは分かっているが、余計なことを答えると、それを材料にねちねちと叱責が続きかねない。こんな時は機械のようにただ聞き返すに限る。

——AIって、人工知能のAIですか？

——AI失業のことだよ。

——そうだ、よく知っているじゃないか。これからは、銀行業務は何から何までコンピュータ化されて、人間なんかいらなくなるんだ。うちの銀行も一万人以上のリストラを考えているっていう話だ。お前なんかすぐにリストラされる運命だ。俺のところには、リストラ候補者を出せっていう指示が来ている。いの一番にお前をリストアップしておくからな。リストラされたくなかったら、さっさと営業に出ていけ！

紘一は、頭を思いっきり左右に振る。脳が揺れるほど、勢いよくだ。そうしないと堀本の、あの憎《にく》たらしい顔が目の前から消えない。

今、多くの銀行で、リストラ計画が発表されている。みずなみ銀行が一万九〇〇〇人のリストラ計画を発表し、世間に衝撃を与えたかと思うと、堰《せき》を切ったように四井住倉《よついすみくら》銀行が一万二〇〇〇人、五菱大東《いつびしだいとう》銀行が一万人と、まるでメガバンク同士が競うようにリストラを始めたのだ。

おくればせながらメガバンクの一角を占《し》める第七明和銀行も早晩、同じようなリストラ計画を発表することだろう。

堀本が言うように、本当にリストラ対象者のリストアップがなされているのだろうか。

紘一は、考えるだけで不安で憂鬱になる。八年前、銀行に就職を決めた時、母がひどく喜んでくれたことを思い出す。

お前には何もしてやれなかったけれど、安定した仕事に就《つ》いてくれて何も言うことはない。そう言って涙を流してくれた。

母は、女手一つで紘一を育ててくれた。今も北海道の片田舎《かたいなか》で一人暮らしをしている。滅多《めった》に帰郷できないので電話で時折話すだけだが、嘘《うそ》でも「元気に働いている」と告げると、嬉《うれ》しそうに優しい言葉をかけてくれる。

早いもので、もう十二月だ。来年の四月になるとまた昇格昇進の時期が到来する。

第七明和銀行では入行して七年目の四月に、第一選抜の者が管理職である主事に昇格する。

給料が上がるのは当然だが、第一選抜で昇格すると、将来の支店長、部長、やがては役員の目もあると言われている。

しかし、紘一はそれに選ばれなかった。翌八年目の第二選抜もダメだった。なんとか第二選抜に選ばれれば、途中で評価を見直され、第一選抜に返り咲く可能性もあった。そうすれば役員は無理でも、部長くらいまでには行くことができる。第二選抜に落ちた時は本当にがっくりし、力が抜けた。

出世に異常なほどこだわっているわけではないのだが、努力しているにもかかわらず昇格昇進できないのは、何とも言えず悔《くや》しいものだ。

腹立たしいことに、銀行というところは、昇格の基準が明確ではない。いったい、どれだけ頑張《がんば》ればいいというのだろうか。

この試験に合格すれば、これだけの業績を上げれば……そういった基準があれば分かりやすいのにと思う。

しかし、そういった基準は一切明示されない。

第一選抜で昇格している同期の連中を見ると、有名大学の卒業者や有名企業の社長の息子などが目立つ気がする。これは紘一の僻《ひが》みなのだろうか。

俺にはなんにもねえ！

有名大学卒でも大企業の社長の息子でもない紘一は、同期の昇格者を思い浮かべる度《たび》に、自分の惨《みじ》めさに怒りを覚えてしまうのだった。

来年の四月に訪れる九年目にはなんとか昇格し、母に報告したいと思う。それなのに、いかんせん堀本課長の評価が低すぎる気がする。どうして目《め》の敵《かたき》のようにして俺を苛《いじ》めるのだろうか。

昇格は絶対に無理だ！　と思うと、いっそのこと堀本課長と刺し違えて、死んでしまいたい気分になる。

「ああ、くそっ」

紘一は叫び声を上げた。

ジョギングをして汗でもかけば少しは気分が晴れると思ったのだが、少しも快適にならない。

その時、前方に奇妙な人影が見えた。

「あれは？」

何をしているのかと思って、注意深く見ると……。

「えっ……魚釣り？」

白いヘルメットをかぶった男が、釣り竿《つりざお》を川に向けて伸ばし、糸を垂れている。

神田川で魚釣り？

見たことのない光景だ。

そもそも神田川で魚釣りをしていいのだろうか。

多摩川《たまがわ》のような自然の川と異なり、神田川は江戸時代、人工的に流路を付け替えられ、整備された川だ。そこで泳いでいる鯉《こい》も、行政や市民が環境対策などのために放流したものだと聞いたことがある。

ということは、神田川は市民の物であり、一般人が魚釣りをしていい河川《かせん》ではないのではないか。

すぐにそこまで思考を巡らせた紘一は、男に近づいていった。男は、釣り針に大きすぎるほどのパンの耳をつけている。

あれで鯉を釣るのか。あんなに大きなパンに喰《く》いつくのだろうか。

否《いや》、待てよ。この川で泳いでいる鯉は、きっと人を疑うことを知らない。川のほとりの道をジョギングしていると、善意の人が立ち止まってパンを鯉に投げ与えている光景をよく見かける。鯉がパンに群がってくるのを誰もが優しい目で眺《なが》め、鯉と鴨《かも》とがパンの取り合いを始めると「あっ、鴨が取った」などと楽しげに声を上げる。

そんな平和な川を泳ぐ鯉が、まさかパンの中に釣り針が隠されていて、食いつくと口を刺されるなどとは想像すらしていないだろう。人を疑うことを知らない鯉が傷ついたら、可哀想《かわいそう》だ。なぜこのようなことをするのか。

紘一は男の顔を見た。こちらからは横顔しか見えないが「ん?」と思った。

「まさか」

男の横顔が、堀本に似ていたのだ。

やや鷲鼻《わしばな》で、いかにも威張《いば》っているような鼻。睨まれるとちょっと怖い、大きな目。

しかし堀本であるはずがない。男のもみあげから顎《あご》にかけては白毛混じりの無《ぶ》精《しょう》ひげが生えている。

身だしなみには異常に気を遣う堀本が、無精ひげを生やしているはずがない。紘一の頭に、ふつふつと怒りが込み上げてきた。横顔が堀本に似ているのも影響したのかもしれない。

「もしもし」

ちょっとドキドキしたが、勇気を奮《ふる》って紘一は男に声をかけた。

普段の紘一が、世の中の理不尽《りふじん》に対してここまで怒りを覚えることはない。というよりも、あまり考えないようにしている。自分ではどうにもならないと思うからだ。そんなことより銀行から与えられたノルマを達成することの方が、紘一にとっては大事だった。

しかし今日は少し違う。気分がいつもより高揚《こうよう》している。休日であることも影響しているのかもしれないが、いつも自分を慰《なぐさ》め、癒《いや》してくれる神田川の鯉の危機だと思うと頑張れるのだ。人間は不思議な存在だと思う。人間が苛められているところは見て見ぬ振りをする人でも、犬や猫《ねこ》が苛められているのを見かねて義憤《ぎふん》に駆られる人は少なからずいる。

紘一もそれと同じ気分だった。

ところが男は紘一を無視して川面《かわも》を見つめたまま、微動だにしない。

男のヘルメットの正面部分には、カメラのようなものがつけられていた。ヘルメットの側面には『全世界へ向けてインターネット配信中』と黒いインクで書かれている。

意味不明だが、今流行の「ユーチューバー」のような男なのかもしれない。神田川で鯉を釣り上げているところをインターネットで配信し、アクセスを稼ぎ、広告収入を得ようというのか。

しかし、ユーチューバーにしては若くない。年齢は五十代のように見える。何もかも分別《ふんべつ》の備わっているべき年齢なのにこのような非常識なことをして、それをインターネットで配信しようなどという根性が浅ましい。

いよいよ紘一に、本格的に怒りがこみあげてきた。

一歩踏み込む。

「もしもし」

紘一の声に男が反応して、顔を向けてくる。やはり堀本ではない。

男はいかにも面倒だというように首を傾《かたむ》け、目と眉《まゆ》をぐっと鼻の上に集めて極端な顰《しか》め面《つら》を作った。その目は細く開かれ、紘一を品定めするかのように見ている。

「もしもし」

もう一度言う。

「なんだ、さっきからもしもし、もしもしって。俺に何か用か」

男はのっけから喧嘩腰《けんかごし》だ。ヘルメット正面のカメラがこちらに向けられている。紘一は、ジョギング用のキャップにサングラス、ネックウォーマーを身につけてきてよかったと思った。

「ここで魚釣りをしてはいけないのではないですか」

ネックウォーマーに顎《あご》を埋《うず》めながら紘一は、はっきりとした口調で咎《とが》めた。

「なんだと！」

男は、釣り竿を高々と勢いよく持ち上げた。糸の先につけられたパンが川から引き上げられて、ゆらゆらと揺れている。

「魚を釣ってはいけないのではないですかと言っているのです」

「どこに釣り禁止って書いてあるんだよぉ」

「書いてなくてもここは市民の川ですから、こんなところで鯉を釣る人はいません」

「てめえなぁ。法律を知っているのか。このバァカ」

男が口を尖《とが》らせ、バァカのアの部分を長く伸ばして強調する。目を吊《つ》り上げ、いかにも憎たらしい表情だった。

「法律？」

意表を突かれた紘一は、たじろいだ。注意すれば引き下がるのではないかという予想が甘かった。

この男は、紘一のように注意してくる者を待っていたかのように、反撃を準備していたのだ。

「テメェ、バカか。法律も知らねぇで文句いってんのか。本当に心底バカだな。生きてる価値がねぇ野郎だ。国土交通法に書いてあるんだよ。注意書きがないところでは釣りをしてもいいってな」

そんなことが法律に書いてあるのだろうか。頭から否定したいのだが、残念ながら紘一は、国土交通法とやらを調べたことがない。そんな法律が本当にあるのだろうか。

「だけど、ここは市民の川ですから」

「だから言ってんだろう」男の顔がくしゃくしゃに崩れる。見事なほどの顰め面だ。「法律のどこに書いてあるってんだよ。テメェ法律も知らねぇで俺に文句を言ってんのか、この糞野郎《くそやろう》。死んじまえ。お前のような糞、糞バカは生きてる価値もねぇんだよ。法律も知らねぇで他人のやることに文句をつけて、いちいちい気になってんじゃねぇぞ、このバァカ！」

「でも……」

男の反撃のすごさに、紘一はますますたじろぐ。

「テメェこのカメラが見えねぇか。そのバカ面が、今、たった今、世界に配信されてんだぞ。法律も知らねぇで注意するだけのバァカの顔がな。明日会社に行ってみろ。テメェの上司がやってきてな、そのバカ面をインターネットで見たぞ、会社の恥だ、すぐに会社を辞《や》めろ、リストラだってことになるんだ。バカ野郎。糞野郎のウンコ野郎め！」

紘一は恐ろしくなった。

――この男は尋常《じんじょう》じゃない。それに怒鳴《どな》り方が堀本に似ている……。

紘一は、神田川沿いの道にいるのではなく、職場で堀本の前に立たされて叱責されているかのような気分に陥《おちい》っていた。

「テメェの馬鹿面が配信されて、世界中の笑いものになっているんだぜ。ざまぁみやがれ。この糞野郎、死んじまえ」

男は、カメラのついたヘルメットをぐいぐいと紘一に近づけてくる。紘一は、じりじりと後じさりした。

犬を連れた女性が、男と紘一の姿を、不潔なものでも見るような目つきで視界の端《はし》に入れながら、足早に通り過ぎていく。絶対に関わり合いになりたくないという決意の足さばきだった。

「でも、ここで魚を釣ってはいけないと思います」

紘一は、やっとの思いで反論する。男の目は、どうしてここまで怒ることが出来るのか不思議なほどに攻撃的だった。

「死ね！　死ね！　テメェみたいな人間のクズは死んじまえ！」

紘一は立《た》ち竦《すく》んだ。

男の顔が、堀本になっていた。恐怖で叫び声を上げそうになった。とにかくその場から逃げたい。紘一は、男に背を向けて走りだした。

「逃げるのか！　糞バカ、死ね！　死んじまえ。俺は高田町三丁目三の五、壱岐《いき》隆《たかし》だ。逃げも隠れもしない。文句があったら言いにこい！」

男が叫ぶ。

紘一は咄嗟《とっさ》に、住所と名前を頭に入れた。高田町三丁目三の五、壱岐隆……。

言われっぱなしになってたまるか。絶対に鯉を釣らせてたまるか。

死ね！　死ね！　テメェなんか死んじまえ！

男の声が小さくなっていく。それと反比例して紘一の怒りが増幅《ぞうふく》していく。

死ね！　死ね！　テメェなんか死んじまえ！

2

「おはようございマス。もんどサン」

多加賀主水《たかがもんど》は、ロビーで出迎えてくれた異様な物体に目を瞠《みは》った。

高さは一メートルほど。全体が淡《あわ》いブルーに塗装《とそう》されている。黒目がちの大きな目。小さな口。胸の辺りには、液晶のタッチパネル。胴から突き出た足は一本で、外からは見えないが車輪がついていて動くこともできるようだ。

「これは何ですか」

物体の傍《そば》に立っていた難波俊樹《なんばとしき》課長が笑顔で答える。

「彼に訊《き》けば分かりますよ」

「ボクは『バンクン』デス」

バンクンと名乗ったロボットが、主水を見上げてからお辞儀をした。

主水は、さらに目を丸くする。

「愉快《ゆかい》でしょう。このバンクンは」難波はバンクンの頭を撫《な》でる。「幾《いく》つかの支店で今回、導入されたんですよ」

「そうなんですか？」

主水はバンクンをまじまじと見つめる。

「バンクンは人工知能――ＡＩでね。お客様の案内や、カードでの振り込み補助なんかもできるんだよ。ねえ、バンクン」

難波が誇《ほこ》らしげに話しかける。

「はい。イロイロなこと、デキるようになって、おやくにたちたいデス」

バンクンは主水を見つめて、やや高い、子どものような声で答える。

反応の素早さからして、かなりの能力の高さが窺《うかが》えた。

「凄《すご》いですね。私も用済みになりますね」

主水は、本音《ほんね》とも冗談ともつかないことを言う。

すると難波が真面目《まじめ》な顔をして「そうなりますね」と答えた。

「えっ」

主水は絶句した。バンクンが笑ったような気がした。「ボクがもんどサンのかわりをします」とでも言っているかのようだ。

「今、第七明和銀行も大幅なリストラを考えています。バンクン導入もその一環です。AIにいろいろな可能性を見出《みいだ》して、人間のやることを代替《だいたい》させようというんです。人間は衰《おとろ》えたり、怠《なま》けたり、逆らったりしますが、AIは学習し、発達していきますからね。可能性を秘めているわけです」

難波がバンクンを見つめた。先ほど見せた無条件の愛《いと》おしさは薄れ、やや哀《かな》しげな視線に変わっている。難波も、いずれ自分の職務がAIに代替されるかもしれないと悟《さと》っているのだろうか。

銀行のリストラ敢行《かんこう》の報道が目立つようになったが、こんな愛らしいロボットが行員を駆逐《くちく》していくのかと思うと、恐ろしい気がしてくる。

「いらっしゃいマセ」

自動ドアが開くなり、バンクンはそちらを向いて動き出した。

主水が一拍遅れて振り向くと、高田署の刑事、木村健《きむらけん》が入ってくるところだった。

「おはようございマス。ゴヨウケンは、なんでしょうか」

いち早く近づいてきたバンクンを見て、木村は困った顔を主水に向けた。

「主水さん、こいつはいったいなんだよ」

「新しい仲間の『バンクン』というロボットですよ」

「ロボットねぇ。すごい時代になったものだな」

「そのうち木村さんもロボットに仕事を奪われますよ」

主水はにやりとする。

「ええっ、刑事ロボット？　ああ、そういえば昔『ロボコップ』ってのがあったな」

木村が古いＳＦ映画のタイトルを口にした。

「ゴヨウケンは、なんでしょうか」

木村の軽口を無視するかのように、バンクンが再び訊く。

すると木村は膝《ひざ》を曲げ気味にして、バンクンの頭にやさしく手を置きながら
「おじさんはね、主水さんを捕まえにきたのよ」と言った。その表情は平然として微笑《ほほえ》んでいる。

「もんどサンをつかまえる。そんなサービス、ありません」

バンクンが主水のほうを振り向く。ロボットなのに、なんとなく困惑《こんわく》している

ように見えるから不思議だ。

「木村さん、私を捕まえるって、どういうことですか?」

主水も困惑して訊《たず》ねた。

「悪いが、ちょっと署まで来てくれないか。聞きたいことがある。場合によっちゃあ逮捕だな」

木村が眉根《まゆね》を寄せた。

「どういうことかわかりませんね」

主水の表情が曇《くも》る。

「いったい、どうしたのですか」

難波が不安そうな顔になった。

「ねえ、いったいどうしたのですか」

窓口業務をしていた生野香織《しょうのかおり》も、ただならぬ雰囲気を察して近づいてくる。

「今ちょっと聞こえたんだけど、主水さんを逮捕するって、どういうことよ。木村さん」

香織が怒りの声を上げた。

「まあ、大丈夫だとは思うがね。放火の疑いがかかっているんだ。まあ、とにかく署まで来てくれるか」

木村が主水の腕を摑《つか》む。主水はそれを振り払った。

「ホウカ？」

バンクンが首を傾《かし》げる。「ホウカは、イエに火をはなって、もやすことデス。もんどサン、ホウカしたのですか」

「していません」

主水はバンクンを睨みつける。

「じゃあ行こうか。すぐ帰れると思うけどね」

木村が顎を突き出し、合図をする。

「主水さん……」

香織が心配そうに声をかけてきた。

「大丈夫ですよ。私が不在の間、バンクンがお客様の案内をしてくれますから」

主水がバンクンを見つめると、

「おまかせクダサイ」

バンクンは右手で自分の胸を叩《たた》いた。

「ははは」

気の抜けたような声で笑い、主水は木村の後に続いた。

3

高田署の取調室は窓もなく、狭《せま》い部屋だった。

木村と主水との間には小さな事務机と、蛍光《けいこう》スタンドが一基あるだけだ。入り口の横にも事務机と椅子《いす》が置かれ、若い刑事が座っている。主水と木村とのやり取りを記録、録音する係なのだろう。

「主水さん、悪いな。こんなことで呼び出して」

木村が申し訳なさそうに言う。

「どういうことですか」

主水が聞く。すると木村は後ろを振り返って、若い刑事に告げた。

「おい君、ちょっと悪いが、しばらく外に出ていてくれないか。まだこの男が容疑者と決まったわけじゃないし、録音、録画をしなければならないのは分かっているが、申し訳ないが、二人だけでちょっと話したいんだ。友人としてな。武士の情けだ。頼む」

「はい、了解いたしました」

若い刑事はわずかに戸惑いを見せたが、立ち上がると、取調室から出ていった。

木村が眉根を寄せて話し始めた。

「実は、高田町三丁目で火事があった。目撃者の話では、昨夜、狐面《きつねめん》の男が『天誅《てんちゆう》！』と叫んで火をつけていたというんだ」

「それで私を、ここに」

「ああ。狐面といえば主水さんじゃないかと思ってね」

主水が狐面の男として悪漢退治に奮闘していることを知っているのは、ごく一部の人間だけだった。木村が若い刑事を退室させたのは、そのことを彼に知られたくなかったからなのだろう。

「勘弁《かんべん》してくださいよ。私がなぜ放火をするんですか？」

「放火されたのは、壱岐隆という男が住んでいる家だったのだがね」

木村の話では、事件があったのは昨晩、日曜日の夜八時ごろらしい。

十二月の夜八時ともなると、外はすっかり真っ暗だ。突然、ぼっと赤い炎が上がった。

高田町三丁目三の五、壱岐隆の自宅からだった。

人通りが絶えた夜遅くだったが、偶然、犬を散歩させていた女がいて、火が上がるのを見たと証言した。

火事だと気づいた目撃者が急いで現場に近づくと、犬が激しく吠《ほ》えだした。

そして炎の中に浮かび上がったのは、白装束《しろしょうぞく》を着て——それは着物というより作務衣《さむえ》のようだったらしいが——狐面をかぶった人物だった。

その狐面が赤い炎に照らされて目撃者の方を向いた時には、十二月にしては暖かい夜だったのにゾクゾクッと背筋が寒くなり、叫び声すら上げられなかったという。

犬だけが、ずっと興奮して大きな声で吠え続けていた。

すると狐面の人物は突然「天誅！」と叫んで、闇に消えた。

目撃者は「テンチュウ」という言葉の意味が咄嗟に理解できなくて、消防に通報した後に、スマートフォンで検索したという。

——天誅とは、天の下す罰。天罰。天に代わって罰を与えること。天罰として人を殺すこと。

ようやく言葉の意味を理解した目撃者は、背すじが凍《こお》るような恐怖を覚えたとの由《よし》。在宅中だった壱岐は幸《さいわ》い炎が激しくなる前に逃げ出すことができ、軽度の火傷《やけど》を負って入院しているとのことだった。

「以上が放火事件の顚末《てんまつ》なんだが、目撃者は現場を見て『なるほど』と納得したようだ」

木村は「なるほど」という言葉を強調し、わざとらしく大きく頷《うなず》いてみせた。

「なぜ『なるほど』なのですか」

主水が聞いた。

「この壱岐隆という男、じつは近所の鼻つまみ者でね。親から譲《ゆず》り受けた家に、今は一人暮らし。ゴミ屋敷とまではいかないが、草ぼうぼうで、家はボロボロ、今にも倒壊しそうで、あぶなっかしくて仕方がない。家の周辺を歩く人に難癖《なんくせ》をつけてはインターネットで配信しているぞと脅《おど》したり、やりたい放題なんだ」

「だから火事になっても、近所の人は誰も同情しない……」

「そういうことだよ。むしろよくやってくれたって内心快哉《かいさい》を叫ぶ人がいるくらいだ」

「それは酷《ひど》いですね」

主水は顔を顰めた。

「ああ。酷いが、最近はこうしたご近所トラブルが多いからな」

木村がため息混じりに呟《つぶや》く。

「私が疑われたのは、犯人が狐面をかぶっていたという証言があるためですか」

「そうだよ。主水さんが狐面の男だってことを知っているのは、俺と生野さんたちだけだ。現場に狐面の男が現われたとなれば、主水さんがやったのかと思わざるを得ない」

木村がぐいっと顔を主水に近づける。

「バカバカしい。そんなことありえないじゃないですか」

「俺もそう思うけどね。だけど、これ」

そう言って木村がテーブルの上に出したのは、一枚の紙だった。四隅《よすみ》にガムテープが付着している。何かに貼りつけてあったものだろう。

「壱岐隆は、近所の迷惑を考えずに騒ぎ立てるほか、神田川の鯉を釣るなど、迷惑千万《せんばん》。許しがたい。よって高田町稲荷の遣いが天誅を下すもの也《なり》……ですか」

主水は、紙に書かれている文言《もんごん》を声に出して読んだ。

文言は、広告から文字を切り抜き、貼りあわせて作られている。

「これが現場のブロック塀《べい》に貼られていた。指紋など、犯人特定に至る痕跡《こんせき》はない」

「まるで私の仕業《しわざ》のようですね」

主水はにやりと不敵な笑みを浮かべた。

「そうだろう。だからここに呼んだんだ」

木村もにやりと笑った。

「でも疑いは晴れたんでしょう？」

主水の問いに、木村が首を横に振る。

「俺はさ、刑事という立場上、主水さんの正義感が突っ走ったという可能性も考えなければならないからな。一晩くらい、ここで過ごしてもらおうかな」

木村は大真面目な顔で言った。

「そんなぁ……帰してくださいよ」

主水は泣きつくように不満をこぼした。

同時に、主水の胸の内には、いったい誰がこんなことをしたのだ――と怒りが込み上げてきたのだった。

4

「吉瀬、丸和《まるわ》運輸の案件は出来ているのか」

堀本が、机にしがみついて案件書類にペンを走らせている紘一に声をかけた。

「もうすぐ出来ます。ちょっと待っていただけますか」

紘一はちらりと顔を上げて言う。

「相変わらずノロマだな。糞野郎だ。五分、待ってやる。分かったな」

堀本の顔が歪《ゆが》む。

五分経《た》った。

「課長、出来ました」

紘一は晴れ晴れした顔で、案件書類を提出した。

「よし、説明してみろ」

堀本は不機嫌《ふきげん》そうに紘一を見上げた。

不愉快な顔をすることが、部下の指導上効果的であるとあくまで信じきっているのか、堀本の顔には全く笑みがない。

「はい」

しかし紘一は物怖《ものお》じすることなく軽やかに返事をすると、説明を始めた。

いつもならおどおどして、舌が滑《なめ》らかに動かない。堀本に理不尽な指摘を受け、人格を崩壊させられるほど怒鳴られるからだ。

ところが今日の紘一は違う。なんとなくウキウキと調子がいい。紘一の歯切れのよい説明を聞きながら、堀本も「糞野郎」とか「このマヌケ」といった罵声《ばせい》を浴びせるのをすっかり忘れている。

「来期の売り上げ見込みは」

説明の途中で、堀本が口を挟む。

「七六億五〇〇〇万円です。人手不足が成長の阻害《そがい》要因ですが、引っ越し分野が好調です」

あれ？　という顔で、堀本が紘一を見た。紘一が、当意即妙《とういそくみよう》に答えたからだ。いつものように、あのぅ……と口ごもらない。こんな紘一の姿など見たことがない堀本は驚いた。

「よく出来ている」

初めて堀本に褒《ほ》められた紘一だったが「ありがとうございます」と至極《しごく》当然の

ように答え、自席に戻った。そして鞄《かばん》を持って席を立つと、

「今から、佐藤《さとう》建設に行ってきます」

と、はっきりとした口調で言った。

「お、おう、社長によろしくな」

堀本は、唖然《あぜん》とした表情で答える。たまたま席にいた同僚も、出かける紘一のなんとなく弾《はず》んだ勢いのある後ろ姿に驚きを禁じ得ない。

「なんだか、変ですね」

同僚が堀本に囁《ささや》いた。

「ああ、人間が違ったみたいだなぁ」

堀本が呟く。

残念だが、苛める対象が一人消えてしまった——堀本は、そう実感せざるをえない。苛めると情けなくなる奴は、苛め甲斐《がい》がある。己《おのれ》の支配欲を満足させてくれるからだ。苛めてもそうならない奴は、ちっとも楽しくない。今まで紘一を苛めていたのは、奴ほど支配欲を満足させてくれる人材がいなかったからだ。それでストレスを発散していたのに、また別の苛める対象を見つけねばならなくなった——堀本にはそのことが残念でたまらない。

しかし、いったいどうしたというのだろうか。紘一の魂《たましい》ごと、そっくり誰かと入れ替わったかのようではないか。

5

紘一が二階から下りると、一階営業室が何やら騒がしかった。

紘一は、香織をつかまえて訊いた。

「どうしたのですか？」

「主水さんが警察に連れていかれちゃったの」

香織は、今にも泣きそうな顔で答える。

「庶務行員《しょむこういん》の主水さんが警察に……。どうして？」

「昨日、高田町三丁目で放火事件があったの。その犯人として疑われたみたい。絶対にそんなことありえないのに」

香織は強い口調で言った。

「それは大変ですね」

紘一は、香織の嘆《なげ》きにあまり深入りしない態度で答えた。

「エイギョウ、ガンバってください」

今日から設置されたロボット『バンクン』が、支店を出ていこうとする紘一に声をかけてくる。

――人間に代わってロボットが働くようになるから、人間が不要になってリストラされるんだ。そんなロボットから「ガンバってください」などと励《はげ》まされても、少しも嬉しくない。

紘一は拳《こぶし》を握《にぎ》りしめ、バンクンの頭を軽く、コツンと叩いた。

「イタい。やさしくしてください」

バンクンの大きな黒い瞳が、吊り上がったような気がした。

佐藤建設へ向かうべく紘一は、支店の裏にある駐車場へと足早に向かった。

歩きながら、ひたすら笑いが込み上げてくるのを我慢する。

――主水が放火犯に間違えられたのか。

なぜそんなことになったのかは分からない。紘一が高田通り支店に配属になって一年。面白《おもしろ》いことなど全くなかった。堀本課長に怒鳴られるだけだった。それが、今日は初めて褒められてしまった。おまけに放火犯として主水が捕まった。愉快でたまらない。

主水という男とは、あまり付き合いはない。正直に言って、あの男は嫌いだ。庶務行員なのに香織たち女子行員とも親しいし、古谷《ふるや》支店長にまで一目《いちもく》置かれている感じがある。ちょっと出来過ぎだ。苛められ、惨めに過ごしてきた紘一にとっては嫌な奴なのである。

主水が起訴されるにせよ釈放されるにせよ、これをきっかけにリストラされればいいんだ。庶務行員なんてそれこそ『バンクン』に代わればいい。

営業用の軽自動車に乗り込んだ紘一は、高田町三丁目の放火現場へと行き先を変更した。路肩に車を止め、降りる。黄色の規制線が張られ、現場には立ち入れなかった。昨日のことなので数人の警察官が現場検証をしている。野次馬《やじうま》も何人かたむろしていた。

ここは、紘一が注意したにもかかわらず鯉釣りを止めなかった、壱岐隆という男の家だ。

周囲に火は広がらなかったようだが、壱岐の家だけが黒くすすけた柱を何本か残した状態で、完全に焼け落ちている。焼け跡の隅に、消防車からの放水をたっぷりと含んだ黒焦《くろこ》げの布団《ふとん》やソファなどが積み上げられていた。

「放火事件があったんですか」

野次馬の女に紘一は話しかける。女は五十過ぎくらいだろうか。太り気味で、艶《つや》のない髪を束ね、ジャージのようなパンツを穿《は》いている。

「そうよ。怖いわね」

女は、どこか嬉しそうに言った。

「昨日の夜ですか」

「そう。なんでも、高田町稲荷の怒りに触れたらしいのよ」

「どういうことですか?」

「あまり言えないけれどね」女は、紘一に耳を貸せと言わんばかりに声をひそめた。「この家に住んでいた人はね。とても評判の悪い人でね。怒鳴りまくったり、道を歩く人に向かって突然水を撒《ま》いたり、猫《ねこ》を弓で狙ったりね……。私なんかも迷惑していたのよ」

「それは酷い」

「なんだか変な趣味があって、人や動物が逃《に》げ惑《まど》う姿をインターネットの動画サイトで発信していたんだって」

紘一は、壱岐の頭にあったカメラ付きのヘルメットを思い出した。

「迷惑な人だったんですね」

紘一のこの一言が、女の怒りの火に油を注《そそ》ぐことになる。女は勢いよく頷くと、よくぞ言ってくれたといわんばかりに喜びの表情を見せた。

「そう、そうなのよ。高田町稲荷の逆鱗《げきりん》に触れたみたいなの。いい気味だわ。誰かがお稲荷様に頼んでくれたのかしらね」

「どういうことですか？」

「あのね。お稲荷様のお遣いが来てね。『天誅！』と叫んで火を放ったらしいのよ」

女はひそひそ声でまくしたてた。喋《しやべ》りながら、今にも喜びを爆発させそうだった。

――いいことをしたな。

紘一は心の中で呟いた。

昨夜、糞バカ、死ね！　と紘一に罵声を浴びせた壱岐が、背中に火をつけて家から飛び出してくるのを、紘一は電柱の背後に隠れて眺めていた。

ぞくぞくとした喜びと達成感に、紘一の体が震えた。自分をバカにした壱岐という男を懲《こ》らしめることができたという満足感。

背中で燃える火を消そうと、壱岐が地面を転げまわる。

糞バカ、死ね！

声に出さずに叫んだ。体の芯《しん》が痺《しび》れるような快感。弱気だった自分の皮がパラパラと剝《は》がれ落ち、中から力が溢《あふ》れ、別の自分が現われてくる感覚に、紘一は酔っていた。

――俺は高田町稲荷の遣いだぞ。

6

「主水さん、誰かに恨《うら》まれているのかな」

椿原美由紀《つばきはらみゆき》がぽつりとこぼした。

「そんなことないわよ。恨まれるなんて……」

そう言う香織も、表情を歪めている。

二人の目の前には、焼け落ちた家があった。

仕事帰りに、香織は本店にいる美由紀を呼び出し、火事の現場を訪れたのだった。

主水は、まだ警察から帰ってきていない。木村刑事のことだから心配ないとは思うが、それでもこのまま何日も留置場に勾留《こうりゅう》されたらどうしようか、何か助けになれないだろうか——と、二人はいても立ってもいられなかったのだ。

香織と美由紀は、現場近くの人たちから色々と話を聞いた。

隣に住む独身男性は眉をひそめた。

——うちに飛び火しないでよかったよ。隣は迷惑な男でね。このままずっと入院していて欲しいんだ。

はす向かいに住む男性は、愉快そうに笑った。

——『高田町稲荷が天誅を下す』というビラが貼ってあったらしいよ。誰かがお願いしたのかね。それならご利益《りやく》があったということでお参りが増えるよ。ははは。

近所の噂《うわさ》好きの奥様も語る。

——あの家はね、地上げ屋が出入りしていたからね。あんな放置されたような古い家だったから。地上げ屋が火をつけたのかもしれないっていう噂もあるね。バブルの時みたいにね。

犬の散歩中に現場を目撃したという女性にも行き会った。

——白装束の狐が踊《おど》っていたね。火を見て興奮したかのようにね。あれが高田町稲荷のお遣いなのかしらね。

「ねえ、白装束の狐が踊っていたっていうのは、まさに主水さんの真似《まね》ね」

美由紀が眉根を寄せた。

「しっ」

香織は唇《くちびる》に指を当てた。「主水さんが狐面の男だってことは秘密。知っているのは私たちと木村刑事だけよ」

「だから木村刑事は主水さんを捕まえたんでしょう。狐面の男が現われたからって」

「そうよ。ちょっと待ってね」

香織が考え込んだ。

「どうしたの?」

美由紀が怪訝《けげん》そうな顔で香織を見つめる。

「木村刑事の立場に立ってみたの。火事の現場に狐面の男がいたという目撃証言があった。それで木村刑事が主水さんを事情聴取のために呼び出した。考えられるのは、主水さんに恨みを持つ者の仕業だという可能性。主水さんに罪をなすりつけるための犯行ね。つまり犯人は、今まで幾つもの事件を解決してきた狐面の男の正体が、主水さんだって知っているということになる。そんな犯人像に心当たりがないか、木村刑事は主水さんに確認したかったのかもしれない。もう一つ考えられるのは、犯人は全く主水さんのことなど知らないで、ただ狐面の男が悪人をやっつけてくれるという噂をどこかで聞いて、それに便乗《びんじょう》しただけという可能性」

香織が「どう思う」という表情で美由紀を見た。

「主水さんが狐面の男だと知って恨んでいるとしたら、それは……町田一徹《まちだいってつ》の仲間？」

町田一徹とは、広域暴力団天照竜神会《てんしょうりゅうじんかい》のボスである。

「町田たちは、主水さんが狐面の男だと知っているのかしら？」

香織が疑問を呈《てい》する。

「うーん、どうかな？　でも、壱岐という近所迷惑な人を懲らしめるのに高田町稲荷の遣いを騙《かた》ったのは、本物の狐面の男をおびき出すためだったんじゃない？」

美由紀が、これこそ正解という風に香織を指さした。

「えっ、もしそうだとして、主水さんが警察に呼ばれたことを犯人が知ってしまったら、主水さん＝《イコール》狐面の男ってバレちゃうじゃないの」

「その通り。主水さんが一番、危うい。このまましばらく警察にいた方がいいかもね」

香織が怯《おび》えたように言う。

「そんな……変なことを言わないでよ」嘆く香織の目が、何かを捉《とら》えて細くなった。「あれ？　あれは」

美由紀が人差し指を顎に当て、まるで謎を解く名探偵のような振りをした。

「どうしたの？」

「あれは、うちの支店の吉瀬さんじゃないかな」

香織たちとは反対側の電信柱に隠れるようにして、焼け跡を見つめている男性がいた。

「吉瀬さん？　私、知らない」

美由紀も男性を見つめる。

「だって吉瀬さんは、美由紀が本店に転勤したあとに高田通り支店に配属になったんだもの」

「どういう人？」

「なんていうのかな。地味でさ。あまり目立たない。それに、堀本課長からひどく苛められているって話ね」

「彼、こっちには気づいていないみたいだけど、どこかおかしいわ」

美由紀が不快な表情で言う。

「どこが？」

香織が訊く。

「にやにやしている感じがしない？　そう見えるけどね」

「そうかな……」

香織は注意深く紘一を観察した。

その時、紘一が視線を感じたのか、香織に気づいた。

紘一は慌《あわ》てて顔を隠すように、その場から離れていった。

「変な人ね」

香織は呟いた。

「ねえ、香織。高田署にいる主水さんに、面会しにいこうよ。留置場の面会室、一度行ってみたかったのよね」

美由紀が楽しげに言う。

「そうね。行きましょうか？　木村刑事が乱暴に自白を強要していたら、とっちめてやりましょう」

香織は美由紀に答えながら、紘一がいなくなった電信柱の辺りを見つめていた。

7

しばらくして落ち着きを取り戻した主水は、なんとか己の潔白《けっぱく》を証明しようと、木村と事件の経緯《けいい》を改めて確認することにした。

「狐面の男は、なぜあの家に放火したのか。そこがポイントですね」

主水が聞いた。

「壱岐という男は独身で、近所の鼻つまみ者だった。それで誰かが高田町稲荷に、壱岐を懲らしめてくれるように願かけをした。その結果、家が焼けたってか？」

馬鹿馬鹿しいというように、木村が答える。

「そんなことで放火っていう重罪を犯しますか？　恨みか金目的か、あるいは愉快犯のいずれかでしょうね」

「恨みといえば、なぜ放火犯が狐面をかぶっていたのか、だな。顔を隠すだけなら、狐面じゃなくてもいいはずなんだ。主水さんに恨みがあるんじゃないの」

木村は、刑事特有の疑り深い目で、まじまじと主水を見つめた。

「私が恨まれているとするなら、悪い奴からでしょう。でもね……。狐面の男の正体が私だと知っているのは木村さんと、後は香織さんや美由紀さんくらいではないでしょうか？　だとすると今回、木村さんが私を警察に引っ張ってきたのは、まずかったんじゃないですか？」

主水が木村を見つめ返した。

「なんでまずかったんだよ」

木村は口を尖《とが》らせ、膨《ふく》れ顔になった。

「それはですね。狐面の男が『天誅！』と叫んで放火したという目撃証言があった。こういう噂は、近所にすぐ広まるでしょうね。その証言だけを根拠に私が警察に呼ばれたのだとしたら、その事実を知った勘《かん》のいい人間は、狐面の男の正体が私ではないかと察するのではないでしょうか？」

「ああ、そうか！」主水の指摘を受けた木村は目を大きく見開き、机をバンと叩いた。「だけど俺はさ、主水さんに警戒してもらおうと、急いでここに呼びだしたんだ。あんたを恨んでいる奴の犯行かもしれないと思ったからな。注意喚起《かんき》のつもりもあったんだ」

木村は、しまったという風に額《ひたい》を掌《てのひら》で打った。

「私を陥《おとしい》れようとするのは、天照竜神会の町田一徹とその一派でしょうかね」

主水は天井を仰《あお》ぎ、ある男の顔を思い浮かべた。最初は副支店長として高田通り支店に潜《もぐ》り込んできた、あの謎の男だ……。

そこへ、若い刑事がドアを開けて入ってきた。

「木村刑事、女性が二人訪ねてきました。放火事件のことで話があるそうですが、それにしてもなにやら怒っていますよ」

「えっ、誰だろう。情報提供を騙った、ツケの回収じゃないよな。あの飲み屋の支払いは先月済ませたし……」

不安そうに口にする木村を見て、険《けわ》しかった主水の顔に笑みが戻った。

「そんなにツケを溜《た》めているんですか」

その時、若い刑事の背後から顔を出したのは、香織と美由紀だった。

「主水さん！」

「おお、誰かと思ったら、香織ちゃんと美由紀ちゃんじゃねぇの」

木村が安堵《あんど》したように明るく笑った。

「誰だと思ったんですか。どうせ、ツケを溜めている飲み屋の女将《おかみ》さんだとでも思ったんでしょう」

美由紀が、やや科《しな》を作って言う。

「当たりですよ。さすが、美由紀さんはお見通しですね」

主水が笑顔で応じる。

「主水さん、元気そうでよかったぁ」

香織が涙を滲《にじ》ませながらも笑顔を見せた。

「元気ですよ。木村刑事に苛められてますけどね」

主水が横目で木村を睨む。

「木村さん、なんてことをするんですか」

香織が木村の背中を両の拳で叩いた。

「痛い、痛いよ。勘弁してくれよ」

木村も笑いながら身を捩《よじ》り、頭を両手でガードした。

「あのぅ、取調室で騒がないでください」

若い刑事が注意を促《うなが》す。

主水が取調室に入って、はや半日が過ぎていた。

8

難波は、高田馬場《たかだのばば》駅から程近いさかえ通りにある馴染《なじ》みの居酒屋で熱燗《あつかん》を傾けていた。つまみは小鍋の湯豆腐《ゆどうふ》だ。

「バンクン、バンクン……」

難波は、盃《さかずき》に満たされた酒をくいっと呷《あお》る。

「どうしたの？　鬱陶《うっとう》しそうな顔をしてるじゃない」

カウンター越しに女将が話しかけてきた。

難波が顔を上げる。いかにも同情を引くような、悲しげな表情だ。

「ママぁ……。バンクンがね」

難波が甘えた声で言う。

「バンクンって、銀行のロビーにいるロボットのことね。あれ可愛《かわい》いわね。いらっしゃいマセって言ってくれるのよ」

女将が目を細める。バンクンは、来店する客、特に女性や子どもに大人気なのである。

「バンクンにいずれ私も仕事を奪われるかもしれないと思うと、悲しくなってきてね」

「ははは」

女将が笑う。

「笑い事じゃないよ。真剣なんだ。今、銀行は、まるで競うようにリストラをしててさ。あのバンクンが、もし人間より効率よく働けるということが実証されれば、私の地位も危ういってわけなんだ」

難波は、手酌《てじゃく》で酒を盃に注《つ》ぐ。

「アイザック・アシモフの世界が、いよいよ現実になったわけね」

女将の話に難波は驚き、大きく目を瞠《みは》った。

「なに、その……ザック・アスモフって」

「アイザック・アシモフ、SF作家よ。彼が小説の中で、AIに対して『ロボット工学の三原則』を定めたの。『一、ロボットは、人間を傷つけてはならない。二、ロボットは、人間の命令に従わねばならない。三、ロボットは、人間を傷つけたり、人間の命令に反しない限り、自己を守らねばならない』ってね。要するに、ロボットはあくまで人間の役に立たねばならないってところかな。でも難波さんの話を聞いていると、この三原則に『人間の雇用を奪ってはいけない』という条項を加える必要がありそうね」

「ママ、教養あるね」

難波は感心して女将を見た。

「あら、そうかしら。これでも早明大《そうめい》の英文学科卒だからね」

女将が、若い娘のように可愛い子ぶりっ子して小首を傾げる。

「ロボットやAIは、人間の仕事を楽にするために導入されるわけじゃない。人間よりも安く使うために導入されるんだ。経営者の都合だよ。経営者は行員を一万人以上もリストラし、路頭に迷わせる一方で、ロボットやAIに仕事をさせるつもりさ」

難波は、盃の酒を飲み干した。

「あら、サイレンの音ね。消防車かしら」

耳をそばだてた女将が、不安そうに呟いた。

難波は音につられるように立ち上がってふらふらと歩き、暖簾《のれん》をくぐって外に出る。

通りを歩いている人が「火事だ火事だ」とざわついていた。彼らの視線の先――神田川の方向に、火の手が上がっているのが見えた。

「また火事だ。昨日もあったばかりなのに……。あそこには何があったかな」

難波は、火の手の辺りにある建物を思い出そうとしたが、酒で濁《にご》った頭では無理な相談だった。

第二章　連続放火

1

「今日のバンクンは、ATMコーナーでお仕事か」

多加賀主水は、ロビーの壁沿いに並ぶ現金自動預け払い機——ATMコーナーを巡回するバンクンを眺めていた。

不思議なもので、血が通っていないロボットだと頭では理解していても、なぜかいとおしく感じるのだ。バンクンの仕草《しぐさ》には、まるで幼子《おさなご》のような愛らしさがある。

そう感じているのは、どうやら主水だけではないようだ。

——バンクン、おはよう。

——バンクン、おりこうね。

来店客は、まるで生きている子どもに接するかのように、バンクンに声をかけている。

生きている――実際、バンクンは生きているのだろう。機械とは思えない。これがＡＩの素晴らしいところである。

銀行員がいくら親切に接客したとしても、それは業務マニュアルの範囲内のことであり、心を慰《なぐさ》める、いわゆる癒《いや》し効果はない。ところが、バンクンには不思議な癒し効果がある。その証拠に、誰もがバンクンの前では穏《おだ》やかな笑顔になっているではないか。

まさか、ロボットに教えられるとは思わなかった。バンクンを見ながら、主水は感心する。銀行に限らずあらゆるサービス業は、客の心を癒すことも考えなければならないのだろう。そのためには、無理なセールスを押しつけるより、客の話に真摯《しんし》に耳を傾《かたむ》けることが重要になる。成果を上げようとスピードを上げる「速い銀行」ではなく「スローな銀行」になる必要があるのではないか。

ＡＩが業務を効率化し、スピードアップしてくれたなら、その余力で銀行員が客の愚痴《ぐち》や心配事に何時間でもじっくりと耳を傾け、その悩みに心底から共感する。それが、主水が思い描く「スローな銀行」のイメージだ。

人間だからこそ出来ることをやらねばならない時代になった。自分もマンネリに陥《おちい》って、漫然《まんぜん》とロビーで案内をしているわけにはいかないぞ——と、主水は心に誓《ちか》ったのである。

「おや？」

突然、バンクンの挙動がおかしくなった。巡回していたバンクンが、一人の老婦人の傍《そば》に止まったまま動かないのだ。不審《ふしん》を覚えた主水が近づくと、バンクンの胸部に取りつけられた液晶パネルが、赤く点滅していた。

「ふりこめサギに、気をつけましょう。母さんたすけてサギに、気をつけましょう」

バンクンが、まだ声変わりをしていない子どものような透明な声を出す。

呼びかけられた老婦人は、険《けわ》しい表情でバンクンのほうを振り向いた。その表情に、いつくしむ様子はまったくない。「このうるさいロボットをどこかにやってくれ」とでも言わんばかりの刺々《とげとげ》しい視線を、主水にも向けてくる。

「ソウキンするまえに、ふりこめサギではないかと、ウタガイましょう」

老婦人の冷ややかな反応をよそに、バンクンはなおも呼びかけている。

主水は急いで、老婦人とバンクンの間に割って入った。

「お客様、お客様」

主水が呼び掛けると、老婦人はきつい目で主水を睨《にら》んだ。

「なによ、急いでいるのに邪魔《じゃま》しないで」

バンクンはというと、主水の登場に安心したと見えて、先ほどから連呼《れんこ》していた「ふりこめサギに、気をつけましょう」は言わなくなっている。主水がちらりと振り返ると、バンクンはなんだかつぶらな瞳を潤《うる》ませて主水を見つめているようだった。

主水は老婦人に向き直った。

「お振り込みをなさっているようですが」

「そうよ。だけど、さっきからこのロボットがうるさくて、なかなかできないのよ。なんとかしてよ」

いかにも不愉快《ふゆかい》そうに、老婦人が眉根《まゆね》を寄せる。

「それは申し訳ありません。立ち入ったことをお聞きしまして恐縮《きょうしゅく》ですが、どちらへお振り込みでしょうか」

主水はあくまで丁寧《ていねい》に訊《たず》ねた。

「どこだっていいでしょう。息子、息子よ。それより操作方法を教えてよ」

老婦人の苛立《いらだ》ちは、見るからにピークに到達しつつあった。

「いくらお振り込みですか？」

「五〇万円よ！」

「なぜ息子さんは、そんな大金を必要としているのでしょうか？」

「交通事故を起こしたらしいの。聞けば相手がややこしい人らしくて、事故のことが会社にバレたら問題になるだろう、示談《じだん》にしてやるから直《す》ぐに五〇万円寄越《よこ》せと言われたって。だから指定された相手の口座に振り込まないといけない……。息子が会社で不利な立場になるのを防ぐのは、親の務《つと》めでしょう？」

どうなの、文句あるの？　という表情で、老婦人は主水を睨む。

「分かりました。では、息子さんにいま一度、電話をしてみましょう。息子さんの電話番号はお分かりですよね」

「振り込みでなにか分からないことがあったら、ここに電話しろって……息子がね」

主水は、老婦人が差し出した一枚のメモを受け取った。〇九〇から始まる携帯電話の番号が書かれている。

「失礼ですが、私から、ちょっとこちらに電話を差し上げてみてもよろしいでしょうか」

「どうぞ」

主水の提案を、老婦人はあっさり了承《りようしよう》した。

「それでは」と主水は胸元から自分の携帯電話を取り出し、メモの番号に電話をかけた。

相手はすぐに出た。

「もしもし、警察ですが」

主水が警察の「ケイ」まで言った途端《とたん》に、通話が不能になった。

やはり、振り込め詐欺《さぎ》の疑いがある。

「警察と言った途端に電話を切りましたね」

主水が言うと、老婦人が驚きの表情を浮かべた。

「あなた、警察の人なの？」

主水は頭《かぶり》を振った。

「いいえ、第七明和銀行高田通り支店の庶務行員《しよむこういん》、多加賀主水と申します。失礼ですが、息子さんと連絡を取りたいので、会社の電話番号などはご存じないですか」

主水が物腰柔らかに訊ねると、老婦人も次第に冷静さを取り戻してきたようだ。

「ちょっと待って」と、巾着《きんちゃく》のような手提《てさ》げ袋の中から、高田町稲荷のお守りを取り出した。

「この中に確か、息子の名刺があるはず」

老婦人はお守りを開け、中から小さく折りたたまれた名刺を取り出すと、主水に渡した。

「失礼します」

名刺を受け取った主水は、破ってしまわないよう丁寧に開いた。

――大沢哲也《おおさわてつや》。大手商社五菱《いつびし》物産自動車関連事業部の課長だ。携帯電話の番号も記載されているが、やはり先ほどのメモとは違う番号のようである。

「大沢様とおっしゃるのですね」

「そうよ。私は大沢勝子《かつこ》」

老婦人は「それがどうかしたの」というような顔つきで、ちょいと顎《あご》を上げた。名前の通り勝ち気なようだ。

「それでは大沢様、この名刺の携帯番号にお電話していただけますか」

主水が自分の携帯電話を差し出すと、勝子はしばし躊躇《ちゅうちょ》したあと、渋々《しぶしぶ》受け取った。

「じゃあ、ちょっと借りるわね。なんだか不愉快ね。私がまるで振り込め詐欺に騙《だま》されているみたいな態度じゃないの。あなた、手遅れになったらどうするの、責任とってね」

勝子に睨まれ、主水は頭を下げた。

「申し訳ございません」

低頭する主水を横目に、勝子が主水の携帯電話を操作した。番号を押し終えて耳にあてると、相手はすぐに電話に出たようだ。

「あっ、もしもし。哲也なの」

勝子の声は大きく、ＡＴＭコーナーに響きわたった。

「あなた、交通事故を起こして示談金が必要なのでしょう。会社にバレると出世に響くって」

電話口で、哲也が何を言っているのかは聞こえない。しかし、勝子の顔には次第に困惑《こんわく》の表情が浮かび始めた。

「何、笑ってるのよ。えっ、事故なんか起こしていないって？　うっそ！　そう、いま、銀行のＡＴＭコーナーで振り込みしようと思ったらね、変なロボットと庶務行員タダノなんとかっていう人に邪魔されているの」

「多加賀主水でございます。変なロボットはバンクンです」

主水は哲也に聞こえるように、携帯電話に顔を近づけて話しかけた。

「あなたに代わってくださいって」

勝子が携帯電話を渡す。

「はい、承知しました」

哲也は大手商社の課長というだけあって、突然の電話にも至って冷静だった。

手短に電話を終えた主水は、勝子をロビー中央のソファに促《うなが》した。

「哲也さまがお迎えにきてくださるそうです。それまでこちらでお休みいただけますか」

先ほどまでの強気な態度は消え、勝子は悄然《しょうぜん》と頷《うなず》いた。

バンクンが勝子に近づく。

「ダイジョウブですか。ワタシにつかまってください」

バンクンの身長は約一メートル。杖《つえ》代わりにちょうどいい高さだ。相変わらずつぶらな瞳のバンクンを、勝子はいとおしげに見つめた。

「あなた、優しいのね」勝子は申し訳なさそうに、その頭に手を置いた。「本当にありがとう」

しばらくして、哲也が迎えにやってきた。

「ありがとうございました。今回のことで、母がこんなにも私を心配してくれているのだと分かりました。これからはもっと頻繁《ひんぱん》に連絡を取るようにいたします」

そう言って、主水に深く頭を下げる。

「いえ、お手柄だったのはこのバンクンです。お母様の異変に気づいてシグナルを出してくれました」

主水がバンクンの頭を優しく撫《な》でた。

「ほほう」と感心したように哲也はしゃがみこみ、バンクンと目線を合わせた。

「これは最先端のロボットですね。たしか、血流や表情、顔の表面温度の異変などから、その人の置かれた状況を判断する機能がついていたはずです。テロ対策にも応用されているのだとか。バンクン、ありがとう」

哲也はバンクンに手を差し出した。

「どういたしまして。おやくにたてて、うれしいデス」

バンクンは哲也の手を器用に握《にぎ》った。

主水は、驚きをもってバンクンをまじまじと見下ろした。バンクンがそれほど凄《すご》いロボットだとは、一緒に働いている主水ですら知らなかった。

勝子と哲也を見送った後、主水はバンクンに「ご苦労様」と声をかけた。

「ありがとうございマス」

バンクンは、再びATMコーナーの巡回を始めた。

一方、主水はロビーを離れ、事件の顚末《てんまつ》を難波課長に報告した。

「バンクン、お手柄ですね」難波は顔を綻《ほころ》ばせた。「では、その振り込め詐欺の犯人が利用した携帯番号を本部と警察に報告しておきましょう」

主水は、勝子から預かったメモを難波に手渡した。

「それにしても技術の進歩は目覚ましいですね。私も、勘で怪しい人物を見抜けることがありますが、今はAIもやるんですね」

主水が話を振ると、難波は情けない目つきで自嘲《じちょう》した。

「バンクンにそんな機能があったとは、私も知りませんでした。いよいよ私も主水さんもお払い箱ですかね」

「一緒にしないでください」

主水は苦笑した。

2

吉瀬紘一は、深刻な顔で佐藤建設の社長と向き合っていた。

佐藤建設は、高田通り支店にとって特に有力な取引先だ。紘一にとっても最高ランクに位置づけられる相手である。堀本課長に言わせれば「言いなりになってこい！」ということだ。

「なあ、吉瀬君、なんとかしてくれよ」

社長の佐藤正信《まさのぶ》が、脂《あぶら》ぎった顔を突き出してきた。目も鼻も口も、いずれも大きく威圧感《いあっかん》がある。叩《たた》き上げで会社を興《おこ》し、今では年商一〇〇億円の企業に育て上げた立志伝中《りっしでんちゅう》の人物だ。そのせいだろうか紳士《しんし》的なところは一切《いっさい》なく、大きな口を開き、黄色い歯を剝《む》き出しにして強欲《ごうよく》な要求を提示する。その際、上から一方的に命令するのではなく、いやに下手《したて》に出るのだから手に負えない。

紘一にしてみれば、これほどの企業の社長なら、強引に命令してきて当然だと思える。しかし逆に下手に出られると、その要求を飲まざるをえないのではないかという気持ちにさせられてしまう。このあたりが佐藤の百戦錬磨《ひゃくせんれんま》の手練手管《てれんてくだ》だ。

「シェアハウスの見込み客の融資《ゆうし》をなんとかしろとおっしゃるんですね」

容易《ようい》に「分かりました」と頷きたくなる気持ちを抑《おさ》え、紘一は確認した。

「そうだよ。うちは今、シェアハウス事業で業績を上げている。シェアハウスというのはご存じの通り、格安で建設して格安で提供する物件だ。なにせリビングやキッチン、トイレ、バスまで共有スペースとして利用してもらえるんだ。まあ、昔の長屋みたいなものだな。今、学生や外国人に人気なんだよ」

佐藤社長は揉《も》み手《で》をせんばかりに身を乗り出してきた。

「たしかに今、人気ですね。当行としましてもローンの実績が積み上がりますし、割と高い金利が取れるので、獲得競争に励《はげ》んでいます」

紘一が答えると、佐藤は我が意を得たりというように頷いた。

「そうだよね。今、銀行はマイナス金利の影響で収益が大変なんだろう？　だからうちと協力して、シェアハウスローンを豪気《ごうき》にやろうよ」

佐藤は、大袈裟《おおげさ》に両手を広げてみせた。「豪気にやろう」という提案を態度で示したのだろう。

佐藤建設がシェアハウスのオーナーを募《つの》り、彼らに土地を提供、シェアハウスを建設する。それを子会社である『りんごハウス』という運営会社が一括で借り上げ、三十年間の保証で、家賃をオーナーに提供する。それが、佐藤建設が展開するシェアハウス事業の仕組みだ。

紘一はじっと考えた。目の前に置かれた書類には、佐藤建設の営業が獲得してきた、シェアハウスのオーナーとなる見込み客のプロフィールが印刷されている。

一般企業に勤務する五十代後半のサラリーマン。定年が近づき、将来が不安になったため、シェアハウスの運営で年金のように家賃収入を得たい、というのが彼の希望だ。

オーナーは、佐藤建設の勧《すす》めるままにローンを組みさえすれば、家賃収入を得ることができ、その上、その売上から返済もしていける。まさに一石二鳥《いっせきにちょう》というわけだ。

定年後、アパート経営で家賃収入を得て、安楽に暮らしたい。そう思い描くサラリーマンのニーズに合致したため、シェアハウス経営がブームとなっているのだろう。

佐藤建設もそのブームに乗っているわけだが、今回、佐藤建設が獲得してきた見込み客には問題があった。絶対的に頭金が不足しているのだ。

シェアハウスのローンは、最低でも一億円程度になる。なにせ、狭《せま》いとはいっても土地まで購入するわけだから、金額が膨《ふく》らむのだ。そのローンを組むに当たっては、ある程度の頭金がなければ、返済計画を立案しようがない。

紘一は、佐藤の表情を窺《うかが》った。

佐藤は今、揉み手擦《す》り手で頼み込んではいるが、もし紘一が断われば、他の銀行に頼むだろう。それくらいはしたたかだ。そうなってしまえば、高田通り支店との取引が縮小していくに違いない。頼り甲斐《がい》のない銀行だと認定されてしまうからだ。

そうなると……。紘一は考えた。堀本課長に罵倒《ばとう》され、四月の昇格は絶望的になる。

紘一は、佐藤の要求をのむことに決めた。今までの自分とは違う。自分には高田町稲荷がついている。なんでもやれる自信があるのだ。実際、堀本課長も丸和運輸の案件では褒《ほ》めてくれたではないか。この機会を逃してはならない。

「なんとかしましょう」

紘一は、大きく頷きながら言いきった。

「ありがとう。さすが吉瀬君だ。なんだか今日の君には後光《ごこう》がさしているようだな」

破顔《はがん》した佐藤が、紘一の手を握った。

後光がさす？　いいことを言うではないか。まさにその通りなのだ。紘一は、にやりと笑みを浮かべ、身を乗り出した。

「ではよろしいですか。社長」

「いいよ、なんでもするから」

佐藤が弾《はず》んだ声で応《こた》える。

「頭金が不足しています。これではローンは組めません。ですからこの見込み客の口座に、佐藤建設から一〇〇〇万円を振り込んでください」

「えっ。私のところが資金援助するわけ？」

思いがけない紘一の提案に、佐藤は眉根を寄せた。紘一は自信ありげに首を振る。

「違います。見せかけです。その金はすぐに引き上げて結構です。見込み客には上手く説明してください。銀行の手続きだとかなんとかね。私は一〇〇〇万円の残高がある段階の通帳のコピーを資料として添付《てんぷ》しますから」

「そうか。頭金があるように偽装《ぎそう》するんだね。上手いこと考えるな。やっぱり優秀な銀行員は違うね」

佐藤は、納得したように頷いた。紘一はなおも力強く言葉を重ねる。

「偽装だなんて、他人聞《ひとぎ》きが悪いことを言わないでください。社長のためにやっているのですから」

「ありがとう。吉瀬君のためなら、私はなんでもするからね。これからもどんどんシェアハウスの見込み客を君に回すよ」

佐藤は、これ以上ないというほどの喜色を満面に溢《あふ》れさせた。

これで四月の昇格はゲットだぜ。

紘一はほくそえんだ。

3

高田町の顔役である大家万吉《おおやまんきち》が、やや青ざめた顔で支店に飛び込んできた。

「どうされました。大家さん」

ロビーで客の案内をしていた主水は、大家の尋常《じんじょう》ならざる様子に気づいて歩み寄った。

「主水さん、聞いたかい」

大家は、周囲を気遣《きづか》うように小声で言う。

「何をですか？」

主水が聞き返す。

「火事だよ、昨日の夜、また放火があったらしいんだ」

そのことは、主水も難波から聞いていた。しかしそれ以上、詳しいことは知らない。

「火事があったのは高田町三丁目なんだがね」

「またですか」

高田町三丁目は、主水が放火の容疑で警察に連れていかれることになった、最初の火事があった地域だ。幸《さいわ》い、そのときは犯行を疑われたというよりも、木村刑事が主水に警告を与えるつもりで、勇《いさ》み足で事情聴取に及んだだけだったのだが……。

「そうなんだ。前の現場より、少し距離はあるんだがね。今度はゴミ屋敷なんだよ」

「ゴミの山？」

「そうさ、近所から何度も苦情が来ててね。私も往生《おうじよう》していたんだ。区にも掛け合ってね。ところが持ち主の八雲新次郎《やくもしんじろう》ってのが変わり者でね。近所付き合いも一切なくてさ。聞く耳持たないってわけ」

変わり者といえば、日曜日に放火された壱岐隆もそうだった。

「まさか狐《きつね》が？」

主水が不安げに訊ねると、大家は両手をパンと叩き「そうなんだよ」と嬉《うれ》しそうに笑う。「さすが主水さん、よく分かるね。高田町稲荷の遣《つか》いである狐様が、白装束《しろしようぞく》で踊っていたんだよ。燃え盛《さか》る炎の前で、こうやってね」

大家は、コーン、コーンという狐の鳴き真似《まね》までして、両拳《りようこぶし》を握り、膝《ひざ》を交互に上げて飛び跳ねてみせた。

「オキャクさま、ロビーでジャンプされますとあぶないデス」

ATMコーナーから移動してきたバンクンが、大家に注意をする。

「おお、君が噂《うわさ》のバンクンかね。賢《かしこ》いんだってね」

大家は悪びれもせずに笑みを浮かべ、バンクンの頭を撫でる。

「ソレホドでもアリマセン」

「大したものだね。謙遜《けんそん》してるよ」

大家が再び笑う。

「ところで、昨夜の放火はどうなったのですか」

「そうだ。すっかりバンクンに気を取られてしまったよ」大家は真顔になり、バンクンに向けて手を振った。「すまないが、すこしだけ他所《よそ》に行ってくれるかな。主水さんと話があるんでね」

「わかりマシタ」

バンクンはロビーの自動ドアの横に移動すると「いらっしゃいマセ」と連呼し始めた。

バンクンが離れたのを見届けて、周囲を憚《はばか》りながら大家が話し始めた。

「幸い延焼はせず、そのゴミ屋敷だけがきれいに燃えてね。八雲はほうほうの体《てい》で逃げ出した。その時、狐を見たというんだ。ちょっとね……」

大家は自分の頭を指差した。

「おかしくなった？」

険しい顔で主水が訊《き》く。

「そうなんだよ。よほど怖かったんじゃないの。火傷《やけど》の治療を兼ねて、そのまま病院行きだ。当分、帰ってこられないだろうね」

「まさか、町内の人は喜んでいるっていうんじゃないでしょうね」

「それが問題なのさ。実はね、以前からゴミ屋敷ではボヤ騒ぎが何度もあってね。いつ火事になるかって、皆、戦々恐々としていたんだ。それが実際、火事になった。それ見たことか、だから言わんこっちゃないと、近所の連中は、放火をした奴より、焼け出された八雲のことを批判しているんだ。たしかに放火は悪いことだよ。しかし、これでゴミの臭いに煩《わずら》わしい思いをしなくてもいいと思うと、狐様、さまさまだ。そんな感じだね。高田町稲荷が天誅《てんちゅう》を下してくださったと、お礼参りをする人もいるくらいだよ。参ったね」

大家は表情を曇《くも》らせた。

「いくらゴミ屋敷とはいえ、放火は重罪です。それを喜ぶのはどうかと思います」

主水も顔をしかめた。

「今回で二件目だ。どうしたらいいかね」

大家は、さも弱ったように首を捻《ひね》った。

そのとき、聞き慣れた声が会話に割って入った。

「おお、主水さん。大家さんも一緒かね」

いつの間に来店したのか、木村刑事だ。

「いらっしゃいませ、木村さん。また放火があったようですね」

「そうなんだよ。いったいどうしたものかね。またもや高田町稲荷の天誅だっていうから、どうしようもない」

木村が鼻のつけ根に皺《しわ》を寄せた。

主水は木村の耳元に「私への疑いは晴れたのですか」と囁《ささや》いた。

「もちろんよ。火事があったのは昨夜の九時ごろだ。その時は主水さん、俺と取調室にいただろう。完璧《かんぺき》なアリバイだ」

木村はにやりとした。

「何を二人でこそこそ話しているの。嫌だね。男の内緒話は」

大家が不満げにこぼす。

「すみません、大家さん。ちょっと主水さんに借りがあったものでね」

木村が頭を掻《か》いた。

「他人に借りを作っちゃだめですよ。借りるより貸しなさい」

大家が諌《いさ》める。

「はい、教訓と致します」

木村は殊勝《しゅしょう》にも、ぺこりと頭を下げた。

「この事件、放置できませんね」

主水が深刻な表情で話を戻す。

「連続放火事件だからね。不安に思う人も増えるよ」

木村が腕を組んだ。

「それで木村さん、犯人に繋《つな》がる糸口はないんですか」

主水が木村に視線を向けた。

「捜査情報はあまり教えられないが、犯人は灯油を撒《ま》いて火をつけたらしい。さらに、現場で狐が踊っていたという噂も事実だ。火事に気づいて通報してくれた人が、火の前で狐が踊っているのを見たというんだ」

「本当に高田町稲荷の天誅なのかね」

大家は、しきりに首を傾《かし》げている。

「そんなことはない。誰か、おかしい奴が火をつけて回っているんだ。いずれ大《だい》惨事《さんじ》になりかねない」

木村が苦渋《くじゅう》に満ちた顔をした。

すると大家が不審そうに声をひそめた。

「そういえばさ、なんだか変なんだよ」

「なにが変なのですか」

大家の発言を聞きとがめた主水が訊ねる。

「最近、こっそり高田町稲荷にお参りする人が増えたんだ。それも深夜にね。丑《うし》三《み》つ参りってことじゃないかね。お稲荷様が嫌な奴や迷惑な奴を成敗《せいばい》してくださるって噂が流れているんだ。その噂を聞いて、お賽銭《さいせん》と一緒に、成敗してほしい奴の名前を書いた紙を賽銭箱に入れる人間がいるらしい。宮司《ぐうじ》が心配して話してくれた」

「その紙に書かれた名前は、宮司以外は知らないんですね」

「そりゃそうさ。そんなものをおおっぴらには出来ない。だけど、宮司が言っていたよ。表向き、この町の住民は幸せそうだけど、意外と裏では恨《うら》み、つらみ、ねたみが渦巻《うずま》いていて、本当にお稲荷様になんとかしていただきたいくらいだとね」

大家が悲しそうに言った。

今回の事件、主水は、誰かが何か明確な目的をもって放火を続けているに違いないと考えている。その目的とは、主水を追い詰め、動けなくすることなのだろうか？

もしそうであれば、犯人は主水が狐面の男であることを知っている者か、あるいは、狐面の男を騙《かた》って、本物の「狐面の男」をおびき出そうとしている者か。

この事件を解決しなければ、いずれ高田町稲荷のお遣いは悪の権化《ごんげ》となってしまうだろう。

急がねばならない……。主水は動くことを決めた。

4

主水が追い込まれた時、支えてくれるのは生野香織と椿原美由紀だ。

高田通り支店勤務の香織はもとより、本店勤務の美由紀も、主水が「相談がある」と言えば飛んできてくれる。

業務が終わった午後六時過ぎ、主水は『高田牧場《たかだのぼくじょう》』という老舗《しにせ》の洋食屋で二人を待っていた。

放火事件の犯人を捕まえるにはどんな方法があるか、知恵を出し合おうというのだ。

カランと澄《す》んだカウベルの音が店内に響き、香織と美由紀の二人が入ってきた。

照明を落としてあった店内が、急に明るくなった感じがする。二人の華やかさが店内の隅々《すみずみ》まで届いているのだ。

「主水さん、うれしい。この店、一度ランチでピザを食べたことがあって、美味《おい》しかったの」

香織が嬉しさに相好《そうごう》を崩す。

「ここって早明大の先生の御用達《ごようたし》でしょう。私、来るの初めて」

美由紀の目も輝いている。

「よかった。二人に喜んでもらえて。今日は大事な相談があるけど、大いに飲んで、食べてくだされい。私のおごりですから」

主水がウエイターを呼んだ。

「ＯＫ！　やった！」

香織がガッツポーズをする。

「私が勝手に頼んでもいいですか。好き嫌いはないですよね」

主水は、メニューを片手に言った。

「大丈夫です。最近、忙しくて美味しいもの食べてないから。主水さん、頼みます」

美由紀が頷く。

主水は、お任せの前菜盛り合わせ——これには砂肝《すなぎも》や豚タンなど珍しい食材が使われている——を皮切りに、シーザーサラダ、黒毛和牛のローストビーフ、ムール貝の白ワイン蒸しを頼んだ。

「それから、シャブリを一本、持ってきてください。あと、海鮮ペスカトーレとトリッパとルッコラのショートパスタもね。三人でとりわけますから」

主水が注文をしている間、二人の喉《のど》が何度か鳴った。

やがて料理が運ばれてきて、三人はシャブリで乾杯する。

このままだと非常に楽しい宴《うたげ》なのだが、主水はシャブリを口に含ませながら、事件のことを考え続けていた。しかし、食事中の話題には相応《ふさわ》しくない。本題を切り出すのは食事が一通り終わってからにしようと決めた。

ペスカトーレやショートパスタが、三人のお腹を満たす。

その頃には、ワインは赤に替わり、二本目のボトルも残り少なくなっていた。

ドルチェ――すなわちデザートを前に、主水はコーヒー、香織は紅茶、美由紀はおしゃれにハーブティーを頼む。

主水はデザートを遠慮したが、香織は「プロフィットロール」という小さなシュークリームの上にチョコレートや生クリームをかけたもの、美由紀は季節のフルーツのパンナコッタを選んだ。

二人とも、これ以上ないほどの笑顔でデザートを味わっている。

食事をしっかり平らげ、かつデザートも堪能《たんのう》する。それになんの躊躇もない二人の若さを羨《うらや》ましいと主水は思った。

「お腹、一杯になりましたか？」

主水はコーヒーカップをテーブルに置いた。

「なりました」

二人が声を揃《そろ》える。

「さて、今日の本題です。お二人に知恵を貸してもらいたいのです」

主水が言うと、すかさず香織が口をはさむ。

「例の放火事件ね」

「主水さんが放火犯だって疑われましたからね」

美由紀も、ちょっとからかい気味に茶化《ちゃか》す。

「ええ、参りました。木村刑事の厳しい取り調べを受けましたよ。私もあらぬ疑いを晴らしたいし、そんなことよりもこの事件、早く解決しないともっと大きな問題になると思います。二件で終わるとは思えません。どのように捜査すればいいと思いますか」

「二件に共通するのは、被害者が町の人に迷惑をかけていたってことね。最初の壱岐は、インターネット配信するぞと町の人に怒鳴《どな》ったり、脅《おど》したりしていた。次の八雲はゴミ屋敷で、どんなに苦情を言ってもゴミ集めを止《や》めなかった」

香織が真剣な表情で言う。

「だから高田町稲荷の天誅だというんでしょう？　いくらなんでもお稲荷さんは放火しないわ」

美由紀は、不愉快そうに口元を歪《ゆが》めた。

主水は口を挟《はさ》まず、二人の話に耳を傾けている。

「今日、大家さんから聞いたんだけど、高田町稲荷のお賽銭箱に、お賽銭と一緒に、町の人の恨み、つらみを書いた紙が投げ込まれるようになったんだって」

香織が美由紀を見る。

大家は、主水に話したのと同じことを、香織にも話したのだ。

こうやって、高田町稲荷があたかも恨みを晴らしてくれるとの噂が広まっていくのだろう。

「いやぁね」美由紀が顔をしかめる。「みんな幸せそうで仲が良い町だと思っていたのに、違ったのね」

「残念ですが」

主水は、呟《つぶや》くように口を挟んだ。

「ということは……」香織が慎重に言った。「高田町稲荷の宮司さんにお願いして、投げ込まれた願《ねが》い文《ぶみ》を見せてもらえば、放火犯の次のターゲットが分かるんじゃないかしら」

「でも、個人情報でしょう。宮司さん、教えてくれないわよ。誰と誰が喧嘩《けんか》しているとか、いがみあっているとかって。絶対に無理ね」

美由紀が断定的に言う。

「美由紀さんの言う通りでしょうね」

その点は、主水も同意した。

「だったらどうする？　私たちで聞き込みしようか」

香織が提案する。

「聞き込み？」

主水は耳を傾けた。

「私が思うに、放火犯は高田町三丁目を狙っている。まあ、これはある種の賭《か》けだけどね。二件とも現場が高田町三丁目だったというだけで、次は違うかもしれない。ただ、三丁目の周辺に他に迷惑な事例がないか、次に犯人が狙いそうな家はないか——それを聞き込むのは、あながち的外《まとはず》れでもないと思う」

香織が勢い込む。これが絶対に適切な案であると、美由紀と主水を説得しようとしているのだ。

「やろうか」

美由紀が賛成した。

「やりましょうか。犯人が狙いそうな家を特定しましょう」

しばらく考えたのち、主水も賛成した。

早速、翌日から作戦を実行することに決めた。美由紀は本店での業務が終わってから合流する予定だ。

主水は、事前に木村刑事にも相談しようと考えた。

警察なら、ひょっとして高田町稲荷の賽銭箱に投げ込まれた近所への中傷文について、既に宮司に事情聴取したかもしれないからだ。

犯人逮捕に向けて結束したことで、主水たちの士気は揚《あ》がった。

『高田牧場』を出て、高田馬場駅まで歩く。

十二月の空気は、冬を感じさせる冷たさを帯びている。ワインで火照《ほて》った身体《からだ》を冷ますのには、ちょうどいい。

「あれ？」

香織が、通りの向かい側を歩く男に目を留めた。

「どうしたの？　香織」

美由紀が怪訝《けげん》そうに聞きとがめる。

「あれ、うちの吉瀬君じゃない」

「また？」

香織が指し示す先を見て、美由紀は首を傾げた。昨日の終業後、一件目の放火現場でも、二人は吉瀬の姿を見かけていたのだ。

「吉瀬君、感心ね」

「何が感心なのですか」

主水が香織に訊いた。

「吉瀬君、佐藤建設の社長と一緒だから」

通りの向かい側から延びる路地裏には、スナックやバーが多い。二人はそこから歩いてきて、表通りでタクシーを止めるつもりなのだろう。

「お取引先じゃないですか。佐藤建設って」

主水が訊き返す。

「ええ、営業二課の吉瀬君が担当しているの。でもね、吉瀬君、堀本課長に苛《いじ》められるくらい、なんて言うかな、仕事ぶりがイマイチらしいの。だから佐藤建設の社長の接待を受けているなんて信じられなくて……」

香織が主水を見つめる。

「へぇ、そうなんですか」

主水が視線を戻した時には、紘一と佐藤社長はタクシーに乗り込むところだった。タクシーは二人を乗せると、新宿《しんじゅく》方面に走り去る。これからまだ接待が続くようだ。銀行員の接待についてはバブル崩壊《ほうかい》後、コンプライアンスの遵守《じゅんしゅ》が叫ばれ厳しくなっていると聞いているが、紘一は上司の許可を得ているのだろうか。主水は気になった。

「でも最近、急に仕事に目覚めたって杏子《きょうこ》が言っていたわね。堀本課長も苛め甲斐《がい》がなくなったって」

香織が言った。

大久保《おおくぼ》杏子は紘一の所属する営業二課の隣、営業一課の行員で、香織とも仲が良い。

「男子、三日会わざれば刮目《かつもく》して見よ、ですか」

主水が呟いた。

「それ、どういう意味ですか」

美由紀が訊いた。

「中国の故事《こじ》で、男というものは三日も会わなければ、大いに成長しているという意味だそうです」

「さすが主水さん、教養あるわね」

香織が笑う。

「それほどでも」主水は照れながら「では明日から頑張《がんば》りましょう」と胸を張った。

5

「みなさん、おめでたい話があります」

古谷伸太《しんた》支店長が朝礼でにこやかな笑みを浮かべて、集まった行員たちに言った。

古谷の傍《かたわ》らには、吉瀬紘一がうつむいて立っている。緊張しているのだろう。

「吉瀬君が、素晴らしい実績をあげてくれました。シェアハウスに関わる個人ローンを、なんと一億二〇〇〇万円も獲得してくれたのです。これで当店の個人ローン実績に弾《はず》みがつきました。吉瀬君、ありがとう」

古谷が率先《そっせん》して拍手する。

それに合わせ、集まった行員たちも拍手をした。

主水は、最後方から紘一の姿を見つめていた。

「刮目して見よ、か……」

主水が呟いた。

「もんどサン、あのひとのキンチョウ、たかいデス」

バンクンが話しかけてきた。バンクンの黒い瞳が紘一を見つめている。

「みんなに褒《ほ》められたからじゃないかな」

主水が小声で答えると、バンクンの表情が曇ったように見えた。

「かなりドキドキされています。シンパイです」

言われて主水は、もう一度、紘一を見た。たしかに、晴れの舞台だというのに、紘一は堂々としていない。支店長に褒められて照れているという様子でもない。どこかぎこちなさを感じる。

バンクンは、ひょっとしたら人の心の迷いまで見通すことが出来るのではないか……。主水は、本当に刮目すべきはＡＩロボット、バンクンではないかと思った。

6

紘一は昨夜のお礼を言いに、軽自動車を飛ばして佐藤建設に向かった。

昨夜、高田馬場のちょっと高級なレストランで食事をし、近くのバーに連れていかれた。その後、新宿のキャバクラでホステスたちに囲まれた。初めての経験だ。

佐藤社長が、両脇のホステスに卑猥《ひわい》な言葉を投げかけるのを聞いていた。隣の若いホステスが「大人しいわね」と紘一に話しかけてくる。「初めてで、緊張しています」と答えると「可愛《かわい》い」と言って、胸を紘一の身体に押しつけてきた。

佐藤社長が「今日は、お礼だ。これからも吉瀬君にどんどん頼むぞ」と言い、「胸、触っていいぞ」と笑った。

紘一は、若いホステスの胸を触った……。

「ああ、あの感触。柔《やわ》らかいっていうのはあのことを言うんだろうな」

思わずハンドルを持つ手に力が入った。

はっきり言って、俺の人生は変わった。今までの苛められてばかりの吉瀬紘一からは卒業だ！

運転席で一人、大声をあげた。

今朝の朝礼でも支店長に褒められた。こんなことは初めてだ。佐藤社長からも頼りにされている。どんどん実績を上げ、四月には昇格するぞ。

紘一は、これはすべて高田町稲荷のお陰《かげ》だと思っていた。

紘一には、ツイッターの裏アカウントがある。裏アカウントとは、本名で情報発信するのとは別の、秘密のアカウントのことだ。そこでは紘一の普段の鬱屈《うっくつ》が激しく、汚い言葉で発信されている。アカウント名は『ダメンズバッカー』だ。さほど工夫がないが、匿名《とくめい》なのでばれることはないだろう。フォロワーも偶然ネット上で知り合ったほんの十数人である。見ず知らずの彼らに向けて日常の不満をぶつけても、何かが変わるわけではない。

落語の『堪忍袋《かんにんぶくろ》』みたいなものだ。袋の中に向けて、妻や近所の人の悪口を思いっきり叫ぶ。するとすっきりして再び仕事や生活に励《はげ》むことができる。ところが落語では袋が破れて、叫んだ悪口がすべて外へ飛び出て大混乱する。

しかし、現在は文明の発達した時代だ。匿名アカウントを使用している限り、身元は特定されない。そう考えていたのだが、日曜日の夕方、紘一に見知らぬフォロワーからダイレクトメッセージが届いた。

それは、〝高田町稲荷の遣い〟と称する者からだった。

内容を読んで紘一は驚いた。

――あなたは、高田町三丁目の壱岐隆に罵倒されましたね。それを恨んで、ツイッターに『あんな男は死ねばいい』と書かれた。同感です。あなたばかりじゃない。近所の大勢の人たちに迷惑をかけている人間は、天が成敗せねばなりません。私はあなたの意のままに動きます。あなたが正義を行ないたいと思っておられるなら、あの男に天誅を下すべきです。私の考えに同意なさいますか。

この謎《なぞ》めいたメッセージを誰が送ってきたのかは分からない。

おそらく不用意に「壱岐隆」と実名をツイートしたことから、紘一の裏アカウントを特定したのだろう。新手のハッカーだろうか。ユーチューブに壱岐が公開した映像を見たのかもしれない。

高田町稲荷の遣いの噂は行内で聞いたことがある。

正体不明の男が白装束に狐面をかぶり、悪人を次々と血祭りに上げるとの噂だ。

その正義の味方が、紘一の鬱憤《うっぷん》を晴らしてくれるというのか。紘一は思わず「同意します」と送信した。

返信はすぐに来た。

――今夜八時、高田町三丁目の壱岐隆の自宅前にいなさい。面白いものを見ることが出来ます。あなたの鬱憤はきっと晴れるでしょう。私はあなたの言いなりに動きます。

紘一は、指定された時刻に壱岐隆の自宅前に行った。

すると、家が燃えているではないか。そしてあろうことか紘一の目の前に、壱岐が火だるまになって転がってきた。一瞬、壱岐の目が紘一の顔を見たような気がしたが、それは錯覚《さっかく》だろう。

良心が「助けるべきだ」と叫んだが、「ざまぁみろ。俺を罵倒するからだ」との本音が勝ち、紘一は咄嗟《とっさ》に電柱の陰《かげ》にかくれた。すると火事の傍で「コーン、コーン」と歌うような声を出しながら、白装束の狐面の男が踊っている姿が見えた。

メッセージを送ってきた高田町稲荷の遣いだ。

紘一は、そう直感した。狐面の男は、電柱の陰に隠れている紘一に歩み寄り「あなたの言いつけ通りに天誅を下しました」と言い残すと、その場からふいに消えた。

紘一が目を伏せた瞬間、本当にその場から忽然《こつぜん》といなくなってしまったのだ。まさに神様の遣いだった。

俺は、その神様の遣いに命令を下すことができるのだ。

そう思うと、身体の中から勇気が湧《わ》いてきた。俺はなんでもできるんだ。

紘一は、地面に転がって背中の火を消そうとしている壱岐に対して「ぺっ」と唾《つば》を吐きかけると、「クズ野郎」と心の中でののしり、その場を急いで立ち去った。

気分は最高だった。火を見ると興奮するという人間の性質が初めて分かった。

謎の〝狐〟からの次のメッセージは、ゴミ屋敷の住人八雲に関する内容だった。八雲の悪評は、紘一も耳にしたことがあった。

――こんな奴も、いなくなった方がいいでしょう。

メッセージにはそう書かれていた。

「当然、天誅です」と紘一は返信した。

すると案の定、八雲の家も燃えた。月曜日の夜、紘一が指定された時刻に行くと、やはり狐面の男が踊っていた。

紘一は、いっそのこと〝狐〟に堀本の殺害まで頼もうかと思ったほどだ。

八雲はゴミ屋敷の住人で、近所の鼻つまみ者だったらしい。やっと成敗されたと喜ばれることはあっても、哀《かな》しむ人はいないはずだ。

本当に、俺は正義を実行できる力を手に入れたんだ。そう思うと、壱岐の時よりもさらに大きな自信になった。

臆病《おくびょう》で女々《めめ》しかった紘一は変わった。今や世界をも支配下に入れた気分だ。

「内緒でキャバクラに連れていってもらったが、課長に文句を言われたら、お稲荷様に天誅を下してもらおうじゃないか」

紘一はアクセルを踏んだ。

今日も佐藤社長から、新たな個人ローンを依頼されることになっている。

きっと難しい案件だろうが、俺の手にかかれば、お茶の子さいさいだ。今まで俺を馬鹿にした奴を大いに驚かせてやる。みんな俺の前にひれ伏すのだ。紘一は、傍目《はため》には普通に振る舞っていたが、心の中は極度の興奮状態だったのである。

7

「君が我が社の顧問《こもん》に来てくれて、本当に助かっている。シェアハウス事業は予想以上に好調だ」

佐藤建設の社長佐藤正信が、目の前に座る男に向けて顔をほころばせた。

「私もお役に立ててうれしいです」

男は言った。

胸が張っている。精悍《せいかん》な顔立ちである。身体を鍛《きた》えているのだろう、それと分かるほどスーツの

男の名は、久住義正《くすみよしまさ》。佐藤建設がシェアハウス事業を展開するに当たって、経営幹部の紹介を専門に行なっている会社から、不動産にくわしいということで紹介された人材だ。

久住は、子会社『りんごハウス』の社長に任命されている。

「君の言う通りにしていると、銀行員がみんな私の希望を叶えてくれるんだよ。驚きだね。特に、役立たずで担当を代えてもらいたいとすら思っていた吉瀬という行員がね」

佐藤が嬉しそうに話す。

「第七明和銀行高田通り支店の行員ですね」

久住が、佐藤を遮《さえぎ》るように言った。

「知っているのかね」

佐藤は少し驚いた。

「ええ、よく存じ上げています」

久住は薄笑いを浮かべた。

「奴がね、最近、様変わりしたんだよ。何があったか知らないが、私の希望を全て叶えてくれるほど有能になった。もうすぐ奴がここに来るが、また新たなローンを頼むつもりだ。多少、難しいがね。嬉々《きき》としてやってくれる。とにかく人間が変わったみたいなんだ。君も会うかね」

「いえ、私は会わないでおきましょう。あくまで『りんごハウス』は、子会社にすぎませんから。人というものは、ちょっとしたきっかけで大きく変わるものです」

そう言って久住は立ち上がった。

「高田町三丁目で火事が続いているようだね。あの辺りの担当も君にお願いしているが、進展はあるかな」

退出しようとする久住を引き止めるように、佐藤は訊ねた。

「着実に進んでいます。事業が成功すれば、佐藤建設は大きく飛躍《ひやく》しますよ」

久住は自信ありげに言った。

「私の夢を叶えるためになんとしても成功させてくれ」

佐藤は欲望に満ちた目を光らせた。

「かならず」

そんな佐藤を冷静な目で見つめながら、久住は頭を下げた。

「ところで、君の夢はなんだね」

佐藤が訊いた。

「私の夢ですか……」

久住はしばし考える様子で視線を上に向けていたが、ふいに佐藤の目を真っ直《ます》ぐに見つめ、薄く笑った。

「高田町稲荷のお遣いになることですかね」

「ふーん、なんとも理解不能な夢だな。君はお稲荷さんが好きなのかね」

「好きかどうかは分かりませんが、気になっていることは確かです」

「まあ、なんでもいい。私には神頼みって気持ちはない。久住君頼みっていう気持ちはあるがね」

佐藤は自分の冗談に大いに笑った。

「社長が神様に頼られない分、私が充分にお願いをしておきますよ」

久住が再びにやりとした。

その時、佐藤の卓上電話が鳴った。受話器を取った佐藤は、

「ああ、社長室へ案内してくれ」

とだけ答えて、通話を終える。

「第七明和の吉瀬が来たようだ」

「では、私はこれで。今回持ってきた案件は、一億五〇〇〇万円です。できるだけ下手《したて》に出て対応してください」

久住が念を押す。

「分かっているよ。任せなさい」

佐藤が力強く胸を叩《たた》いた。

――主水、高田町稲荷の遣いの評判が地に堕《お》ちるのを覚悟していろ。

久住は声にならない声で呟き、社長室を後にした。

第三章　クラウドファンディング

1

高田町三丁目で相次《あいつ》いだ二件の放火は未《いま》だ解決していなかった。町内には「高田町稲荷《いなり》の遣《つか》いが町の鼻つまみ者を懲《こ》らしめてくれている」と密《ひそ》かに歓迎している人もいるという。

高田町稲荷には、真偽《しんぎ》のほどは不明だが「あいつをやっつけてくれ」「あの家に放火してくれ」などと敵意むき出しの願《ねが》い文《ぶみ》が、賽銭《さいせん》と共に賽銭箱に投げ入れられているらしい。

高田町稲荷のお膝元《ひざもと》で、毎年夏には皆で力を合わせて神輿《みこし》を担《かつ》ぎ、共に喜び合っていると思っていたのだが、実際はそうでもなかったのだろうか。

多加賀主水は、支店のロビーに集《つど》う客がどことなく疑心暗鬼《ぎしんあんき》になり、イラついているように見えて仕方がなかった。

——あの人はにこやかにしているが、陰《かげ》で私の悪口を言っているのではないか。

——あの人は、私の家に火を放つのではないか。

——あの人は、見栄《みえ》ばかり張って、いけ好かないわ。

などなど。

ロビーで談笑する客を見つめながら、主水は彼らの心の声が聞こえるような気がして、暗い気持ちになっていたのである。

ロビーの片隅には、狭いながらも応接ブースがある。応接ブースとは名ばかりで簡単な間仕切りだけなので、微《かす》かに話し合う声が漏《も》れ聞こえてくる。時には、トラブルを抱えた客が行員を怒鳴《どな》りつけることもある。そんな時、主水は急いで駆けつけ、事が大きくならないように対応する役目を担《にな》う。

幸《さいわ》い今日はまだ、荒々しい声は聞こえてこなかった。現在中に入っているのは、営業二課の吉瀬紘一と、学生風の若い男だ。かなり長いこと閉じこもっているのが気懸《きが》かりではあるが、こみいった相談でもしているのだろうか……。

主水が応接ブースを注視していると、突然、間仕切りを除《の》けて男が出てきた。

「もう、いい加減にしてください」

周囲を気にしてか、控えめながらも声を荒らげているのは紘一だった。相当興奮しているようだ。

主水は一歩、足を踏み出す。

「なんとかなりませんか」

応接ブースの奥で腰を九十度に折り曲げて懇願《こんがん》しているのは、若い学生風の男だ。

「なりません。銀行がやっているのは慈善《じぜん》事業ではありません。私は、忙しいんです。他の約束がありますので失礼します」

紘一は客に対するものとは思えないほど、険《けわ》しい表情をしていた。

「そんなことを言わないで、もう少し話を聞いてください。確かに収益の見込みはありませんが、街の子どもたちの支援になるんです」

若い男は今にも泣きそうな表情で、紘一に縋《すが》っている。

ロビーの客たちもただならぬ気配に気づき、二人に注目し始めた。

まずいことになった。二人を他の客から引き離さなければ、ロビーの雰囲気がますます険悪になってしまう。

主水は、素早く紘一に近づいた。

「吉瀬さん、他のお客様がいらっしゃいます。もう少し、応接ブースの中でお話を続けられたらどうでしょうか?」

主水は努《つと》めて穏《おだ》やかに、紘一をたしなめた。

紘一は主水を睨《にら》みつける。

「なんですか、あなたは。私は忙しいんです」

「でも、お客様は納得されていないですから」

主水が渋い顔をする。

「だったらあなたが相手してください。あなた、どうせ庶務行員《しょむこういん》ですから、変な客を片付けるのも仕事の一部でしょう」

紘一は吐き捨てるように言い、くるりと体を反転させると、主水の前から去っていった。

瞬間、主水の腹の底から怒りがこみ上げた。

――庶務行員を舐《な》めるんじゃないぞ。

主水は紘一の背中を睨みつけたが、すぐに我に返った。いけない。自分まで他人を憎むところだった。これでは高田町稲荷の賽銭箱に憎しみの願い文を投げ入れる人と同レベルになってしまう。

主水は表情を無理やり和《やわ》らげて、ロビーにいる客たちに笑顔を向けた。

そして若い男に近づくと「申し訳ございません」と頭を下げる。

主水の傍《そば》には、いつのまにかバンクンがいた。この賢《かしこ》いＡＩロボットも、トラブルが起きていると察知したのだろうか。

「いえ、いいんです。銀行にお願いする方が無理な相談だったんです」

若い男は悄然《しょうぜん》と肩を落とした。

「よろしければ私がお話を伺《うかが》います。どんなことか分かりませんが、お力になれるかもしれません。そこにお掛けになりますか？」

主水は、応接ブースではなく空《あ》いているソファを指さした。

応接ブースに入ってしまうと、他の客に何かがあった場合、すぐに対応できない。

若い男は明るい表情になった。

「話を聞いてくださるのですか。先ほどの方はけんもほろろでした」

「それは大変失礼しました」

若い男はソファに腰を下ろした。主水は彼の隣に座る。

若い男は、地元早明大学の二年生、木梨亨《きなしとおる》であると自己紹介した。

「私は仲間と『子ども食堂』をやりたいのです。それで場所を借りたり、設備を整えるために一〇〇万円が必要となったので、貸してくれないかと相談しにきたんです。たまたまこの支店に連絡したら、難波さんという方が電話に出られて……」

難波俊樹課長だ。彼は支店の内部事務を担当している。

「それで吉瀬を紹介されたというわけですね」

難波は営業ではないため、紘一に引き継いだのだろう。

木梨が頷《うなず》く。

「今、日本では六人に一人が貧困に喘《あえ》いでいます。見たところ、誰もが幸せを謳《おう》歌《か》していて、貧困などどこにもないように見えますが、実は『見えない貧困』が潜《ひそ》んでいるのです。晩御飯すらまともに食べられない子どもが多くいる。特に母子家庭などのひとり親世帯では、それがひどい」

子どもの貧困問題は主水も耳にしたことがあるが、木梨の説明によれば、日本は先進国の中でも最低の水準にあるらしい。

生活するのに必要最低限の水準が満たされない『絶対的貧困』ではなく、可処分所得の中央値の半分未満――日本では約一二三万円（平成二十七年度）未満で生活している貧困が問題となっているというのである。そうした家庭で育つ子どもの状況を『子どもの貧困率』として把握《はあく》しているのだが、日本は約一三・九％（平成二十七年度）で先進国中最低水準であり、社会問題化している。

「貧困は、次の貧困を生みます。このサイクルを断ち切るためには、せめて栄養のある夕食を子どもたちに提供して、その場で仲間たちと勉強や遊びをして、心も体も豊かにする必要があるのです。それで『子ども食堂』を始めようと思いました」

木梨は情熱的に語る。

主水は心を動かされた。

「しかし吉瀬さんには『なんだ、たった一〇〇万円か』とちょっと小馬鹿にしたように言われました。そして『儲《もう》かりますか』と。儲からなければ返済はできません。いったい一〇〇万円をどのように返済するのか……」

木梨は肩を落とした。

銀行からの融資《ゆうし》は、収益で返済しなければならない。しかし木梨がやろうとしていることには、非常に大きな社会的意義がある。こうした意義ある試《こころ》みに「儲かりますか」と言っていたのはそのことなのだ。紘一が「慈善事業ではない」と言っていたのはそのことなのだ。

と利益を追求するだけの問いかけは、銀行の社会的役割を放棄《ほうき》したものといえるのではないだろうか。

「仲間が言った通りで、失望しました」

木梨が主水を見つめた。

「仲間の人は、なんと言ったのですか」

「銀行は、借りたい人には貸さないで、借りたくない人には無理やり貸すものなんだって。そんなことはない、絶対に分かってくれるはずだって言い返したのですが……」

木梨が表情を曇《くも》らせた。彼の期待が裏切られ、仲間の言った通りになったことが悔《くや》しいのだろう。

「とても素晴らしいことをされようとしていますね。できれば応援したいと思いますが……」

主水は慎重に言葉を選んだ。融資担当ではない自分が貸すわけにはいかない。

「そう思ってくださいますか？　分かってくださる人がいるだけでも嬉《うれ》しいです」

木梨は微《かす》かに笑みを取り戻し、立ち上がった。

「クラウドファンディングをご利用になってはいかがデショウカ」

主水の隣で木梨の話を聞いていたバンクンが、突然、話に割って入ってきた。

「これは?」

木梨が膝《ひざ》を曲げ、興味津々《しんしん》といった様子でバンクンを覗《のぞ》き込んでいる。

「AIロボットのバンクンです。いろいろなことが出来るのですよ」

主水は自慢げに言った。

「AIですか、凄《すご》いですね。ところでバンクン、詳しく教えてくれないかな。クラウドファンディングって聞いたことはあるけど、利用したことがないんだ」

木梨は真剣な表情で問いかけた。

「インターネットで資金をあつめる方法デス。『子ども食堂』のような社会貢献活動に、広くリヨウされてマス。多くの人から寄付金を募《つの》るのデス。ちょっと待ってクダサイ」

バンクンは木梨を見上げ、手をかざした。

「お客さまのお名前とご住所を言ってクダサイ」

木梨はバンクンの要請に応じて自分の名前と住所を言った。

するとし胸の液晶パネルに、なにやら動画が映し出された。若い人たちが皆、笑顔でこちらを向いている。

「この会社がいいとおもいマス。社会貢献のための資金をあつめる手伝いをしてくれマス。相談してみてクダサイ」

どうやら動画は、その会社のPR映像らしい。しばらくすると画面には社名と住所、電話番号、そして『ご相談をお待ちしています』というメッセージが表示された。

木梨の表情がこの上なく明るくなった。バンクンの手を摑《つか》んで握手《あくしゅ》する。

「ありがとう、バンクン。早速《さっそく》、相談してみます」木梨は姿勢を正し、主水にも頭を下げた。「ありがとうございます。銀行に相談しにきてよかったです。可能性が出てきました」

「頑張《がんば》ってください。私も少しくらいなら寄付をさせてもらいます」

主水は微笑《ほほえ》みかけ、木梨を出口まで見送った。

木梨は何度も頭を下げて、支店から出ていった。

内心、主水は複雑な気持ちだった。バンクンの提案により、インターネットで資金をあつめる方法をアドバイスすることはできたものの、銀行からは結局、融資をできなかった。銀行は私企業であり、利益の見込めない融資をするのは難しい。そのことは主水も承知している。

しかし一方で、インターネット企業は社会貢献のための資金集めを手伝っている。バンクンが紹介した企業も、当然のことだが私企業だ。利益を上げなければならない。銀行が「利益が見込めない」として手を差し伸べない社会貢献の分野で、利益を上げているのだ。

——銀行は工夫が足りない。

主水は思った。バンクンのように別の手段を紹介できなかったという点において、紘一は、バンクンにも劣《おと》るのではないか。

それにしても、以前は大人しかった紘一が、近頃まるで人間が変わってしまったように横柄《おうへい》になった。支店長に褒《ほ》められたりして、傲慢《ごうまん》になっているのだろうか。

主水はバンクンを見つめ、その頭を優しく撫《な》でた。

「バンクンは銀行員以上に偉《えら》いね。よくクラウドファンディングを思いついたね」

「ありがとうございマス。ご紹介した会社は、当行のお取引先なのデス。ウインウインです。今、取引先には木梨サンのデータが送られてマス」

バンクンは主水を見上げ、右手でＯＫサインを作った。

――なるほど。

主水は感嘆《かんたん》した。じつはバンクンは、銀行で対応できないような案件について、最適な取引先を紹介するようあらかじめプログラムされていたのだ。何千、何万あるか分からないが、非常に多くの取引先から、個別に最適なサービスを選択するのだろう。その結果、いくばくかの手数料が第七明和銀行に入ることになる。当然、紹介した取引先との関係も深まる。

「凄いね」

「わたしは、お客さまのお役に立ててうれしいデス」

バンクンは主水にそれだけ告げると、新たに入店してきた客の方に平然と向かっていった。

2

紘一は、佐藤建設に向かって急いでいた。佐藤社長が、シェアハウスローンの新規の客を紹介してくれるというのだ。

——いったいどれくらいの金額だろうか。前回は一億二〇〇〇万円だった。今回はそれ以上だろうか。

心が弾《はず》む。先ほどはくだらない大学生の相談に時間を潰《つぶ》してしまった。難波課長が「頼む」と言うから仕方なく応対したが、融資希望額はたったの一〇〇万円だ。金額を聞いただけで、端《はな》からやる気が起きなかった。

——資金使途は？

『子ども食堂』を始めるため……。

そんな資金のために銀行に来るな、と言ってやりたかった。

——日本は、六人に一人が貧困に苦しんでいます。そんな家庭で育っている子どもに温かい夕食を提供したいのです。母子家庭を支援したいのです。

あの大学生は、熱っぽく語っていた。

無性《むしょう》に腹が立った。

——あんな若くてチャラい大学生に、母子家庭の苦しさなんか分かるか。分かってたまるか。

紘一は母子家庭で育った。北海道の片田舎《かたいなか》で母と二人、つましく暮らした子ども時代に思いを馳《は》せた。

外は吹雪《ふぶき》で、何も見えない。窓を開けたら、凍《こご》えるほどの冷たい風が雪と共に吹き込んでくる。それでも一人で母を待つ紘一は、窓を開ける。たちまち眉毛《まゆげ》や睫毛《まつげ》が白く凍《こお》りつく。待てど暮らせど、母は帰ってこない。テーブルの上には冷たい牛乳と菓子パンが一個あるだけ……。

母さん！　と吹雪に向かって叫ぶ。その答えは、グー……と鳴く腹の虫だった。

なんだか涙が出てきた。あの大学生は、どんな理由で『子ども食堂』を始めようとしているのだろうか。聞きそびれたが、まさか彼も母子家庭育ちなのだろうか……。

もしそうだったとしたら、もう少し親身になって相談に乗ってやればよかった。苦い味となって後悔が募るが、今の紘一には佐藤建設の紹介してくれるローンの方が重要だった。何としてでも昇格して、母を喜ばせたい。

佐藤建設に着いた紘一は、駐車場に車を止め、急いで会社に飛び込む。ドアを開けた時、会ったことのない男が社長の佐藤正信と話していた。

「おう、吉瀬君、待っていたよ」

目ざとく佐藤は紘一を見つけた。

「こっちに来てくれ」

佐藤が手招きする。

男と紘一の視線が合った。男が頭を下げた。紘一も頭を下げる。

「ちょっと遅れましたか。すみません。野暮用《やぼよう》があったもので」

紘一は佐藤に謝罪した。

「いいよ。二、三分の遅刻なんてどうでもいいさ」

佐藤は鷹揚《おうよう》に言う。以前は一分でも遅刻すれば怒鳴りつけられていたのに、大違いだ。やはり佐藤の無理を聞き入れてローンを実行したのが大きかったのだろう。

成果さえあがれば、なんでも上手《うま》くいくのだ。

「紹介するよ。本人が恥ずかしがってなかなか表に出なかったものだから、紹介が遅れてしまったけどね」

佐藤が男の方を向く。「佐藤建設の顧問で、子会社『りんごハウス』の社長をしてもらっている久住義正さんだ」

「久住です。ご挨拶《あいさつ》が遅れて申し訳ありません」

久住は名刺を差し出した。

『りんごハウス』は、シェアハウスの販売などを手掛けている。佐藤が全てを取り仕切っていると思っていたので、紘一は少し驚いた。

久住は鼻筋が通っており、一見するとバタ臭《くさ》い印象だ。胸板が厚く、武道でもやっているのかと思われるほど逞《たくま》しい。物腰は穏やかながらも威圧感がある。

紘一も慌《あわ》てて名刺を出し、挨拶した。

「じゃあ、社長室に入ってくれ」

佐藤に促《うなが》されて、社長室に入る。

大型のローンであれば嬉しいが、どんな無理な要求をされるのだろうか。そのことだけが、紘一は気懸かりだった。

3

香織と美由紀は、昼休みに高田馬場駅で落ち合った。

美由紀は、企画部の部長に「ちょっと出かけてきます」と言い残し、理由も告げずに本店から駆けつけたのだという。「どこに行くのか?」と怪訝《けげん》そうな表情をした部長に対し、「うふふ」と謎《なぞ》めいた笑いを残してきたそうだ。

「美由紀の『うふ』は効き目抜群なんだね」

話を聞いた香織が驚く。

「今はね、女性の行動をしつこく聞きとがめるとセクハラで問題にされないかって、心配しているからよ」

美由紀が笑って言った。

最近はセクハラ、パワハラについては厳重な指導が銀行内に行き渡っている。そのため特に幹部たちは部下への言動について非常にナーバスになっているのだ。美由紀はそれを逆手《さかて》に取ったのである。

「高田町稲荷の宮司《ぐうじ》さんは、結局、何も教えてくれなかったから、私たちでやるしかないわね」

香織がきりりと唇《くちびる》を引き締め、右の拳《こぶし》を握《にぎ》りしめる。

二人は、高田町周辺で嫌われたり、恨《うら》まれたりしている人を探し出そうとしているのだ。

というのも「高田町稲荷の遣い」と称する狐面《きつねめん》の謎の人物が、近隣に迷惑をかけている人物の家を二軒、立て続けに放火したからである。放火の際「天誅」と叫びながら。

高田町の人々は恐怖におののくのかと思いきや、傍迷惑《はためいわく》な人物に天誅が下ったと喜び、高田町稲荷の賽銭箱に「今度はあいつをやっつけてくれ」と願い文を投げ込む人まで現われる始末。

香織と美由紀にとって、狐面の人物といえば主水のことである。主水が放火などするはずがない。その疑いの火の粉《ひこ》――火事だけに――を振り払うためにも、次なる被害者を見つけ、被害を未然に防ごうとしているのだ。

「ねえ、突然、ご近所で嫌われている人はいますかって尋《たず》ねても、誰も答えてくれないわね」

美由紀が首を傾《かし》げた。

「そうね。そりゃ答える人はいないよね」

香織が同意する。

「どうやって聞き込みをしようかなぁ」

美由紀が腕組みをする。

「いよっ！」

突然、二人は背後から肩を叩かれた。

「きゃっ」

同時に悲鳴を上げ、後ろを振り向く。

「誰かと思ったら、木村さんじゃないですか。驚いた」

香織が胸を撫で下ろして言った。二人の目の前に立っていたのは、高田署の木村刑事だった。

「驚かせてごめん」

木村の頭は丸刈りで、両耳は柔道の練習で潰《つぶ》れてしまっている。身長は一八〇センチ。胸板や肩の筋肉は、安物のスーツがはち切れそうなほど厚い。知らない人が見たら、ヤクザに若い女性が絡《から》まれているように見えるだろう。

「お美しいお二人が、待ち合わせてどこかへお出かけですか」

木村が精一杯の笑顔で訊く。

「だったらいいんだけど。今から、聞き込み」

香織がぐいっと木村に顔を近づけた。

「おやおや、警察の向こうを張って地取《じど》りですか」

「地鶏なんか食べにいかない」

香織が呆《あき》れた顔で言う。

木村は笑って丸刈りの頭を撫でた。

「ジドリ違いですよ。警察では聞き込みのことを地取りっていうんです」

「なんだ、そうか。てっきり鶏のことかって思ったわ」

「香織って早とちりなんだから」美由紀が笑った。「そうだ木村さん、一緒に聞き込みに回ってくれない？　実は、どうやったらいいか困ってたの」美由紀は、今度は困った顔になった。

「俺が？　お二人と？　地取り？」

　木村の表情がぱっと明るくなる。「やろうじゃないの。ご一緒しましょう？」

　木村が大股で歩き出した。

「どこに行くんですか」

　香織が慌てて訊く。

「まずは腹ごしらえだ」

　木村は二人に振り向いてにやりとした。

「えっ？」

　二人は顔を見合わす。

　木村が向かったのは、さかえ通りにあるオムライス専門店だった。

「今、オムライスに凝《こ》っててね。ここに入ろう」

木村は二人の同意も得ず、店の中に入る。

二人は、仕方なくついていった。香織も美由紀も初めて入る店だ。最近、さかえ通りにはおしゃれな店が増えてきた。

店内はカウンター八席と、四人がけのテーブルが一脚あるだけで、そう広くはなかった。混んではいたが、偶然にもテーブル席が空くタイミングで、木村は迷わずそこに陣取る。

「俺、昔からオムライスが好きでね」

木村は早速メニューを眺《なが》めている。専門店だけあって、色々な種類のオムライスが並んでいた。

香織は、木村の如何《いか》にも強面《こわもて》といった顔を見て、オムライスとのミスマッチに笑いをこぼした。

「何か、おかしい?」

木村が怪訝そうな顔をする。

「いえ、なにも」

香織は笑いながら否定した。

「俺はテキサスオムライスにしよう。オムライスにハンバーグが載っているんだ。ボリュームがある。二人とも好きなものを頼んでいいよ。俺のおごりだから」

「おお、太っ腹」

美由紀が嬉々《きき》として言った。「それなら私は明太子《めんたいこ》オムライスにします」

「では私は納豆《なっとう》オムライスで」

香織もメニューの写真を指差す。

「ところでね」店員に注文を終えると、木村は一転して真面目《まじめ》な顔になった。

「実は、地取りはかなり進んでいるんだ。警察にとって、聞き込みは捜査の基本中の基本だからね」

「そうなんですか」

香織と美由紀が顔を見合わす。

「一般の人に捜査情報を教えてはいけないんだが、今日は特別だ。オムライスを食べながら二人の相談に乗ろうじゃないの」

テーブルにそれぞれ注文したオムライスが運ばれてきた。

こんもりと山盛りになったライスに、ふわとろの半熟オムレツがかかっている。付け合わせはサラダとスープである。

「さあ、食べるぞ」

木村は早速、スプーンでオムライスを掬《すく》って口に運んだ。

「おお、至福だぁ」

香織も美由紀も、木村のあまりに潔《いさぎよ》い食べっぷりにつられてオムライスを食べる。

「美味《おい》しい!」

二人同時に声をあげた。バターライスとふわとろオムレツが、見事にマッチしている。

「私たち、次に狙われそうな家を探そうとしていたんです。そこを見張っていれば、偽の〝狐〟が現われるのではないかと思って」

オムライスを食べながら、美由紀が切り出した。

「今回の事件の共通点は、放火された二軒とも街の嫌われ者が住んでいたということだ」木村は話しながらも、スプーンを口に運ぶ手は止めない。「いま、この街は皆が疑心暗鬼になっていてさ。次はあそこじゃないか、いやあそこだろうって話題で持ちきりなんだ。私は嫌われていないから大丈夫、とかね。なんだか悲しいよ。一皮むけば、みんな意外と嫌ったり憎しみあっていたりしたんだ。ただ、俺たちも当てもなくあちこち警備するわけにはいかない。だから、お二人と同じようなことも聞いて回ったわけさ」

木村の話に二人して耳を傾《かたむ》けながらも、スプーンは止まらない。それほどオムライスが美味しいのだ。

「それで、どんな様子だったのですか」

香織が訊く。

「対象が一軒、出てきた」

木村はあらかた食べ終え、スープを飲んだ。

「本当ですか」

二人はスプーンを置き、身を乗り出さんばかりに木村を見つめた。

「ここだ」

木村はスマートフォンの地図アプリを起動し、高田町三丁目の辺《あた》りを表示した。

対面の二人がスマートフォンを覗きこむ。

木村が指差したところは、二件の放火現場とは少し離れた場所だった。

「どんな家なのですか」

美由紀が訊く。地図の上とはいえ次なる標的候補を見せられた美由紀は、もうオムライスを食べる気分ではなくなっていた。三分の一ほど食べ残している。

一方の香織は、食べるのを止めない。もう残りひと口で完食というところまできている。

「この家に住んでいる人は、石油缶おばさんと言われていてね」

木村が辺りを憚《はばか》り、声を潜《ひそ》める。

「石油缶おばさん！」

香織が声をあげた。

「しっ」

木村と美由紀が同時に人差し指を唇にあてて注意する。

「ごめん」

香織は申し訳なさそうに二人を見やってから、頭をわずかに下げる。

「黒田恵子《くろだけいこ》という七十八歳の独身女性なんだがね。近所の家に向かって、石油缶を叩きながら怒鳴るそうだ。それほど頻繁《ひんぱん》ではないらしいが、やれ隣の木の枝が伸びてきて自分の家にかかっているとか、夜に窓を開けて音楽を聞くなとか、気に入らないことがあると、石油缶を持ち出して、こう」木村は何かを叩くような仕草をした。「ガンガンとね」

「近所の人も大変ね」

美由紀が呟《つぶや》く。

「かなり迷惑をしているみたいだね。家はかなり古く、築五十年は経《た》っている。恵子の前に住んでいた人が亡くなって、恵子が相続したようだ。恵子が遠い身寄りだったらしい。恵子自身はその家に住んで、もう十年ほどになるのだが、あまり近所付き合いはない」

「警察はその家を見張るのですか？」

オムライスもスープもサラダもきれいに食べ終わった香織が聞く。

「一応、巡回警備を行なう予定だ。まさか放火魔に狙われていますよとは言えないだろう。理由は、嫌われ者だからって……」

木村は困惑《こんわく》した表情になった。

「そうですね……」

香織も納得した。

「君たちも見張るってわけにはいかないだろう。過去二件の放火があったのは夜だからね。若い女性が恵子の家の近くにいたら、おかしいと思われる」

木村が悩ましい表情をする。

「自警団を組織するのはどうでしょうか。大家さんに相談すればいいかも」

香織が弾んだ声で案を出した。

「自警団というと、自主的に夜回りをしてもらうわけだな」

木村は一瞬、考えこんだ。「それはいい考えだ。早速、大家さんに相談しよう」

4

紘一は胸を弾ませながら、支店へと急いだ。営業車の助手席には『りんごハウス』社長の久住を乗せている。

佐藤建設の佐藤社長が久住に、高田通り支店の古谷支店長に挨拶に行くよう命じたのだ。

紘一も、ぜひ古谷支店長に会ってくれないかと頼んだ。

目の前には、今回、依頼されたシェアハウスのローン案件がある。金額は一億五〇〇〇万円だ。

前回よりさらに金額は大きいが、この案件も非常に難しい問題をはらんでいた。債務者が、映画やテレビなどに時折出演しているタレントなのだ。収入が不安定なため、通常の審査ではこれだけの高額ローンは通過しない。

佐藤も久住も、債務者は信用がおける人物であると言うのだが……。

紘一は、苦しそうな表情で考えこんだ。このローンを実行すれば、また支店長からお褒めの言葉を頂けるだろう。そうなると昇格へぐんと近づくことになる。母の喜ぶ顔がちらつく。なんとしてでも実行したい。

紘一は久住に、大胆な提案を行なった。もう毒を食らわば皿までも……という気持ちなのだ。前回、通帳残高の偽造を行なったが、今回は「確定申告書を書き換えることはできますか」と尋ねたのである。

「収入が安定的にあることを証明するために、確定申告書を書き換えてください」

紘一にも、自分が銀行員としてやってはいけない行為に踏み出してしまっているという自覚はあった。しかし、それよりも実績が欲しいのだ。一度、通帳残高の偽造という不正に手を染めてしまうと、次の不正への精神的ハードルも低くなってしまうようだ。

佐藤と久住は、紘一の大胆な要求に一瞬、表情を曇らせたが、すぐに「やりましょう」と同意した。

紘一の背中に、べっとりと汗が滲《にじ》んでいた。もう後戻りはできない。完璧《かんぺき》な偽造確定申告書でローンを実行して、後はひたすらこの債務者が大スターにでもなって収入が安定し、延滞にならないことを望むだけだ。

そこで久住に「支店長にぜひとも会って欲しい」と頼んだのである。会うと会わないとでは、信用が大幅に違うと強調した。

佐藤と紘一の二人に頼まれても、久住は最初なぜか強く固辞したのだが、佐藤が「これからの取引を考えると、支店長の信頼を得ることが重要だから」と説得してくれたのである。

「久住さん、支店長はいい人ですから。きっと会ってよかったと思われますよ。きっと」

運転しながら紘一は話し続けるが、久住は黙ったままだった。緊張しているのだろうと紘一は思った。

「着きました」車を支店の駐車場に止めた紘一は「行きましょうか」と久住に声をかける。

「はい、参りましょう」

久住は言って、車を降りた。口数が少ない。やはりまだ緊張しているのだろう。

支店長と堀本課長が待っている。先ほど電話で、今度のローンは一億五〇〇〇万円である旨《むね》を堀本課長に報告すると、「やったな」と彼は大きな声で喜びを爆発させた。

紘一もたちまち喜びに包まれ、確定申告書偽造という不正に対する迷いなど消えてしまったのである。

紘一は、久住を案内して支店に入った。

「吉瀬さん、お帰りなさい」

主水が出迎える。傍《かたわ》らにはバンクンがいて、紘一を見上げていた。

「ああ、主水さん」

主水が苦手な紘一は、眉根を寄せた。

5

「こちらは佐藤建設の子会社『りんごハウス』の社長、久住さんです」

紘一に紹介された主水は、久住を見た。その途端《とたん》、身体《からだ》の中に電流が走ったような衝撃を受け、身構えてしまった。

——いったいどうしたのだ。

自分でも理由が分からなかったが、主水は気を取り直して「多加賀主水です。よろしくお願いします」と頭を下げた。

「久住です。こちらこそよろしくお願いします」

久住が頭を下げる。その表情は、無表情といってもいいほど変わらない。

「吉瀬さん、先ほどの早明大学の学生さんの件ですが……」

主水が言うと、紘一は不思議そうな表情で首を傾げた。何を話しているのか分からないという顔だ。

「ほら、『子ども食堂』の件ですよ。一〇〇万円を融資してほしいと言っていた木梨さん」

「ああ、あの学生ね」

言われて、紘一はやっと思い出したようだ。

「あの方に、バンクンがクラウドファンディングの会社をご紹介しました。とても喜んでおられましたよ」

「ああ、そうですか。それは良かったですね。一〇〇万円なんて、とても相手にできませんよ」紘一は全く関心がない様子で「支店長がお待ちなので」と、久住を促《うなが》して立ち去ろうとする。

主水は二人の後ろ姿を見送りながら、あることをどうしても試したくなった。

「バンクン、私があのお客様に声をかけるので、その時の表情を読み取ってくれないかな」

「いいデスヨ」

主水はバンクンの了解を取りつけると、二人の背後に近づき、久住の背中を軽く叩いて「鎌倉《かまくら》さん」と呼んだ。

鎌倉春樹《はるき》は、かつてこの高田通り支店の副支店長だったが、実は広域暴力団天照竜神会の町田一徹の配下と言われる謎の男だ。鎌倉が銀行を去って以来、町田の配下と思われる謎の男が何人も現われ、何度も主水を窮地《きゅうち》に陥《おとしい》れた。主水の最大のライバルと言える。顔は似ても似つかないが、何となく鎌倉と同じ雰囲気を主水は久住に感じ取ったのである。

ふいに声をかけられた久住が振り返る。その顔は相変わらず無表情だった。

「主水さん、変な名前で呼ばないでください。この方は久住さんですよ」紘一が怒った。「さあ、社長、行きましょう」

久住は主水に向かって軽く頭を下げると、紘一に背中を押され、歩き去った。

「バンクン、どうだった？　あの客は」

主水は、バンクンが保有する、人の顔の血流などの情報から感情を読み取る能力に期待したのだ。

バンクンはその能力で、以前、高齢女性が巻き込まれそうになっていた振り込め詐欺《さぎ》を未然に防いだことがある。

「わかりません。あの人の感情は、全く読み取れマセン。めずらしい人デス」

バンクンは心なしか残念な様子だ。

しかしバンクンが「珍しい」と言ったことで、主水はかえって久住に対して大いなる疑いを持った。バンクンでさえ読み取り不可能なほど感情を制御できる人間が、この世にそう多くいるとは思えない。特殊な訓練を受けているとしか思えない。

「もし奴が、あの謎の男なら、いったい何をたくらんでいるのだろうか」

主水は不吉《ふきつ》な予感を抱きながら、二階の支店長室に向かう階段を睨みつけていた。

6

「自警団ね。要するに『火の用心』って見回りをするんだな」

大家万吉は、香織、美由紀、そして木村刑事を前に腕組みをしてみせた。

「放火犯を捕まえるためです。重点警戒場所は、黒田恵子さん宅です」

木村が説明する。香織は大家を見つめた。

「黒田さんねぇ。確かに嫌われているねぇ。でも、他にも子どもに怒鳴ってばかりいる年寄りとかね、結構、いるんだ。こんなにいがみあっているとは思わなかった。高田町稲荷の下《もと》で、みんな仲良く暮らしていると思っていたのに。お稲荷様自体が、パンドラの箱を開けちまったんだ。自警団を作ったところで、皆、嫌われ者を守ろうと思うかねぇ」

大家は悲しげな顔をした。

「大家さん。もう一度、町に絆《きずな》を取り戻すためにも、自警団を組織して火の用心に回りましょう。みんなの力で街を守るんです」

美由紀が大家を励《はげ》まそうとした。

「そうですよ。嫌われている人を守るとかなんとかじゃなくて、街を守るんです。みんなで町を守るんです」

香織も強い口調で重ねた。

「災《わざわ》い転じて福となすってこともありますからね」

木村が付け加えた。

「やるかぁ。このままじゃこの町がダメになるからね。魚勝《うおかつ》にも相談するかな。あいつも今回は随分《ずいぶん》迷惑を被《こうむ》っているからな」

「魚勝さんがどうかしたのですか？」

大家のぼやきを、香織が聞きとがめた。

「内緒でね、こっそり高田町稲荷の宮司に、賽銭箱に投げ入れられた願い文の内容を聞いたんだってよ。そしたらね、魚勝には、町の真ん中で営業するな、魚臭い、もっと安くしろなど散々さ。スーパーがあるんだから廃業しろ……なんてのもね。それから私に対しても……」

大家は苦しげに絞《しぼ》り出すように言った。

「大家さんにもなにか？」

美由紀がおそるおそる聞いた。

「ああ、あったんだ。いつまで生きてんだ、何が高田町の顔役だ、偉そうにするなどとね。がっくりしたよ。私は、ずっと町のためにと思って世話役を買って出ていたんだ。それを面白くないと思う人がいたんだね。みんなに感謝されていたと思っていたのにね。だから何もやる気が起きなかったのさ」

大家は肩を落とした。一気に何歳も年を取ったかのようだ。

「いつもなら大家さんから自警団をやろうと言い出すのに、何も言わなかったのはそのためだったのですね」

美由紀が言った。

「そうなんだ。なんだか馬鹿馬鹿しくなってね」

大家は大きなため息をついた。

「銀行なんて何を言われているか分からない」

香織が眉根を寄せた。

「ああ、相当な悪口を言われているよ」

大家が香織を見つめた。

「本当ですか！　嫌だなぁ」

香織が顔をしかめた。

「まるでＳＮＳの炎上みたいだなぁ」

木村が呟く。

インターネット上のコミュニケーション・サービスであるＳＮＳでは、ちょっとした発言に多くの人の批判が集中することがある。こうした事態を「炎上」と呼ぶが、批判はたいてい悪意に満ちている。

今、高田町に満ちているのは、放火事件をきっかけに町中で噴《ふ》き出した悪意である。なんとかしなければ、町の絆が断たれてしまう。

「それじゃあ、善は急げ、だ。早速、魚勝に相談に行く。今夜から早速、火の用心に回ることにしよう」

大家が立ち上がった。

「私も一緒に見回ります」

香織も立ち上がった。

「私もやります」

美由紀も続いた。

「美由紀、あなた本店だけどいいの？」

香織が心配すると、美由紀は唇を引き締めた。

「だって、大好きな高田町の危機を見過ごすことはできないわ」

「私も多少の悪口を言われてもおせっかいを止めないぞ」

大家が笑みを取り戻す。

「警察なんてそれこそ悪口の言われっぱなしですからね。いちいち気にしてたら、警察官やってられないよ」

木村も声をあげて笑った。

「そうね。木村さんのこと好きだって言った人は聞いたことがないから」

美由紀が皮肉っぽく茶化《ちゃか》した。

「あああ。なんてことを言うのさ。気になるじゃない」

木村が頭を抱《かか》えると、香織、美由紀、大家の三人がそろって笑った。

7

「自警団ですか。私も参加しますかね」

主水は閉店後、高田通り支店を訪ねてきた木村とロビーで話していた。

「犯行の抑止《よくし》効果はある程度見込めると思うけど、それよりもみんなで町を守ることで、もう一度絆を取り戻さないとな」

木村は憂鬱《ゆううつ》そうな表情を見せた。町の治安を守る警察官として、今の高田町は懸念《けねん》すべき状況なのだろう。

「ところで木村さん、心配なことがあるんです」

「なに？　心配なことって」

「今日、営業担当の吉瀬さんが、ある男を支店長に紹介するために連れてきたんです。会った瞬間に、私、何か雷に打たれたような気になったんです。そこで、バンクンに頼んでその男を検証してもらったんです」

「検証って、どうしたの？」

「私がその男に『鎌倉さん』って呼び掛けたのです」

主水の話に、木村の表情が険《けわ》しくなった。

「鎌倉って、町田の子分のか？」

「そうです」

主水も真剣な表情になった。

「バンクンの反応はどうだった？」

木村は勢い込んで訊《たず》ねる。

「バンクによると、その男は全く無反応だったのです。その反応は、とても珍しいことだと言ってました。それで私はかえって疑いを持ったわけです」

「鎌倉という名前に全く覚えがないために無反応だった……という可能性もあるだろう」

木村が反論した。

「勿論《もちろん》、それはありえます。しかし私は直前に、その男が『久住さん』であると紹介を受けています。佐藤建設の子会社『りんごハウス』の社長だとね。にもかかわらず『鎌倉さん』と呼びかけたのですから、動揺してもいいと思うのです」

「主水さんは、その久住って男が、町田の配下の者だって思うんだな」

木村の問いに、主水が頷く。

「もし主水さんの心配が当たっているなら、以前とは全く姿を変えてそいつは登場し、また何かをたくらんでいるんだろうな」

「ええ。支店長に面談するくらいですから、またこの銀行を陥れようとしているのではないかと思います。面談の用件が分かればよいのですが……」

「俺も久住って男のことを調べておくから、主水さんも警戒を怠《おこた》らないようにしてくれ」

木村はそう言って、久住の名前を手帳に書き留めた。

「分かりました。何か掴みましたら連絡します」

「ところでさ。ちょっとバンクンに頼みがあるんだけど」

木村が申し訳なさそうに言う。

「いったいなにを？」

「最初の被害者である壱岐隆は、ユーチューブに大量に動画を投稿していた。その最後の投稿が、放火事件当日の昼間にあったんだ。そこには、一人の青年とトラブルになっている様子が映っていた……」

木村が眉根を寄せる。なんともいえず難しい問題に直面しているという表情だ。

「そのトラブルが、放火事件と関係があるかもしれないんですね」

主水が聞く。

「うーん」木村は首を傾げた。「どうか分からないが、可能性はゼロじゃない。動画では、壱岐が神田川で釣りをしているところに、たまたま通りかかったジョギング中の若い男が話しかけてくる。壱岐に『釣りをしてはいけない』と注意をしたんだ。すると壱岐はキレてしまって、聞くに堪《た》えないほど青年を罵倒《ばとう》した。

青年が恨みを抱いても当然なくらいにね」

「じゃあ、その若い男を警察に呼び出せばいいじゃないですか」

「ところが寒かったみたいで、スポーツキャップにサングラス、顎《あご》のあたりまでネックウォーマーで覆《おお》っているものだから、人相がはっきりと分からないんだ」

木村が困り顔を見せた。

「バンクンに助けて欲しいというのはどういうことですか」

「バンクンのＡＩを使って、動画から人物を特定できないかなと思ってさ。人間には無理でもＡＩなら、膨大《ぼうだい》なビッグデータからなにか見つけ出してくれるかもしれないと思ってね」

「分かりました。バンクンに頼みましょう。今、時間外ですが大丈夫でしょう」

「ロボットも働き方改革なの？」

木村が驚く。

「はい。やはり休まないといけません」

主水は、ロビーの片隅で機能を停止していたバンクンに対して「バンクン」と呼びかけた。するとバンクンは自動的に起動し、主水の傍にやってきた。

「もんどサン、お呼びデスカ」

「勤務時間外だけど、重要な頼み事をしていいですか?」

「いいデスヨ。わたしは人間を助けるために造られてマスから。ご用件をドウゾ」

バンクンは快諾《かいだく》した。

「悪いね」木村は頭をかきながら、バンクンに目線を合わせる。「この動画に登場する若い男について、何か分からないかな。もうなんでもいいんだ」

木村はスマートフォンをかざし、バンクンに動画を見せた。

バンクンはそれを、二つの大きな目で見つめる。するとそれだけで壱岐のサイトのURLを読み込んだ。

「少しお待ちクダサイ。いま、ネット上のあらゆる映像、声、体型などを検索してマス。エリアが限定されますカラ案外はやいデス」

バンクンは検索作業を行ないながら、それについて解説をする。

「この若いヒトは、ツイッターのアカウントを持ってマス。アカウント名は『ダメンズバッカー』です」

「えっ、ダメンズバッカー?」

木村が身を乗り出す。

「匿名《とくめい》のオフ会に参加していた報告が他のユーザーのブログにありマシタ。『ダメンズバッカー』は非公開なので、フォロワーの傾向に合致するアカウントを作ってフォローリクエストを出しマス」

十分後、バンクンの胸の液晶画面に、ツイッターのタイムラインが表示された。

「これは……」

木村は画面を見つめ、唸《うな》った。

「木村さん、これは裏アカですよ。壱岐隆、死ね！　……なんて、表では言えませんから」

主水が言うと「裏アカ？」と木村が首を捻《ひね》った。

「裏アカウントといって、匿名で自分の不満をぶつけたりするアカウントのことです。若い人たちの欲求不満の捌《は》け口《ぐち》になっているんですよ。オフ会というのもネットで知り合った人たちが集まる会のことで、大抵はアカウント名で呼び合うので気兼ねがないんだそうです」

「へえ、主水さん、よく知ってるねぇ。若いね」

主水の淀《よど》みない説明に、木村が思わず感心する。

「庶務行員は、若いお客様のお相手もしますからね」

主水は得意げに胸を張った。

「この男について他に情報はあるかな」

木村は前のめりになって、バンクンに訊ねた。

「エリアや内容で絞り込みましたが、いまのところ情報はコレだけデス。もう少し調べてみマス」

「頼んだぜ」

木村は喜んだ。

「ねえ、木村さん。バッカーってなんでしょうね」

「馬鹿ってことじゃないの」

「バッカー、バッカー……。バンカー。バンカーじゃないですか。銀行員！」

主水は、自分の発想に酔いしれるかのように叫んだ。

「当たっているかもな」

木村がほくそ笑む。

「香織さんと美由紀さんにも、動画と裏アカを見てもらいましょう。銀行員なら何かヒントが得られるかもしれません」

「それがいい」

木村は、一気に犯人に近づいた実感を抱いた。

もし放火犯が銀行員だとしたら……。主水の頭からは、なぜかあの久住という男が離れない。

——あいつは銀行、特に第七明和銀行に災いをなすに違いない。

8

また火事が発生してしまった。昨夜のことだ。

大家たちの自警団が黒田恵子の自宅を中心に警戒を始めた矢先のことだった。犯人は、まるで大家たちの動きを事前に察知しているかのようだった。

今回の現場は、自警団の目が届かない意外な場所だった。住所こそ高田町三丁目ではあるが、被害者が近所の迷惑者、嫌われ者ではなかったのだ。

被害者の名前は大沢勝子——先日、主水とバンクンが、振り込め詐欺に騙《だま》される寸前で何とか救った女性だった。

「大沢さんはとても気のいい方で、悪い評判は聞いたことがありません。犯人は嫌われている人を狙って、天誅を加えていたんじゃないんですか。方針を変えたのでしょうか」

事件のあった翌朝、開店前にロビーの掃除《そうじ》を手伝いながら、香織が主水に訊いた。

主水は残念ながら、その答えを見つけられていない。

今回も、白装束《しろしょうぞく》で身を固めた〝狐〟が炎の前で踊っていたという目撃証言がある。

ただ、今回の事件が不幸中の幸いだったのは、出火直後に目撃者から通報があったため、塀の一部を焦《こ》がした程度の小火《ぼや》で済んだことだ。

電話をしてきたのは若い男だったようだが、名乗り出ることはなく、今も不明のままだ。

主水は、容易《ようい》ならざる事態の進行に、慄《おのの》きを覚えていた。

第四章　児童虐待

1

支店に入ってきた老齢の女性の顔を見て、主水は持ち前の明るい笑顔を少しだけ強張《こわば》らせた。

「いらっしゃいませ」

なにせその女性は、昨夜遅く自宅に放火された大沢勝子だったのだ。どんな言葉でもいいから慰《なぐさ》め、お見舞いを言わねばならない。主水は小走りで勝子に駆け寄った。

火事そのものは、小火《ぼや》で済んだ。火が出た直後、消防に通報があったからだ。焼けたのは家の一部、それも母屋《おもや》には及ばず、板塀《いたべい》が何枚か黒く焦《こ》げた程度らしい。不幸中の幸《さいわ》いである。

「いらっしゃいマセ」

主水に並んで、バンクンが挨拶《あいさつ》した。

「あーら、バンクン。いつぞやはありがとうね。今日はね、焼けた塀の修理費用を下ろしにきたのよ」

勝子は膝《ひざ》を折り、バンクンと視線を合わせると、満面の笑みを見せた。すぐ隣に主水がいることに気づかないのか、まるで無視である……。

ゆっくりと立ち上がった勝子は、傍《かたわ》らのバンクンに教えてもらいながら、ATMを操作し始めた。

バンクンは、このところ客の人気を独り占めしている。以前は、主水も多少なりとも人気があると自負していたのだが、そんな矜持《きょうじ》はAIロボットの前に木《こ》っ端微塵《ぱみじん》に吹っ飛んでしまった。

仕方がない。バンクンのほうがどう見ても愛らしいではないか。

どうもこのロボットには癒《いや》し効果があるようだ。犬、猫などのペットに触れている感覚と同じなのだろう。

しかしバンクンのようなAIロボットは、愛玩《あいがん》のためだけに造られたわけではない。人間を助けるため、人間を単純な労働から解放するために開発されているのだ。AIの持つデータ処理能力は非常に優秀で、しかも自分でどんどん学習するので、いずれ人間を遥《はる》かに超える能力を持つだろうとも言われているのである。

そこが、ペットと絶対的に違う点だ。もしかしたらそれほど遠くない将来、人間はＡＩロボットのペットになってしまうかもしれないのだ。

そんなことを考えながらバンクンを見ていると、主水は複雑な気持ちになる。

もしＡＩロボットが人間以上に効率的、かつ正確に物事をこなしたとしたら、人間は何をすればいいのだろうか。

ＡＩロボットにはできない、人間にしかできないことをやるべきだ、などと世の評論家たちは知ったように言う。しかし人間にしかできないことって、いったいなんだろうか。考えれば考えるほど、主水には分からなくなってしまう。

ＡＩロボットが普及した未来、誰もが「人間とは何か」という問題に直面することになるのだろう。

「どうされたんですか？　主水さん。ちょっとぼんやりされていますが……」

気がつくと、ロビーに戻ってきた勝子が主水を見上げていた。

「いえ、あの……ちょっと。ところで放火、大丈夫でしたか」

主水は狼狽《ろうばい》した。昨夜の放火について満足な慰めの言葉が出てこないどころか、逆に勝子に心配されてしまったのである。

「まあ、たいしたことがなくてよかったわ」

勝子は独り言のように言う。本当にたいしたことではなかったように、動揺した素振《そぶ》りひとつ見せない。

「本当に、ひどいことをする悪人がいるものですね」

「消防車がすぐに駆け付けてくれましてね。そのお陰《かげ》です。誰かが通報してくださったのですって」

「通報した人はどなたか分かったのですか」

主水の問いに、勝子は表情を曇《くも》らせながら首を横に振った。

「若い男の人の声だったと消防の方はおっしゃったのですけどね。一向《いっこう》に分からないの。お礼を言いたいのにね。もし家が全部焼けていたら、私、もうこの世にいなかったかも」

勝子は眉根《まゆね》を寄せ、両手で体を抱《かか》えるようにして震えた。やはり、たいしたことだったのだ。恐怖が蘇《よみがえ》ってきたのだろう。

「放火はゆるせマセン」

バンクンの目が赤くなった。怒りを表わしているのだろうか。

「そうね、バンクン」勝子は、バンクンの無機質な白い頭を撫《な》でた。「悪い奴を捕まえて頂戴《ちょうだい》な。悪いのは狐《きつね》よ」

「狐ですか」

主水が驚いて勝子を見つめる。

「火をつけて、そこで踊っていたらしいの。こうやって」勝子が両の拳《こぶし》を握《にぎ》って互い違いに上下させ、狐が踊る格好を真似《まね》る。「他人の家に火をつけといて、何が楽しいんでしょうね」

「誰かが狐が踊るのを見ていたんですか」

主水が重ねて訊《き》く。

勝子は頭《かぶり》を振った。

「通報した人が、狐が踊っていると電話で話したというの。消防車が来た時にはもう、現場には誰もいなかったみたいね。消防車のサイレンが聞こえたから、逃げたんじゃないの？」

「そうなんですか。それにしても、そんなに早く通報できたなんて、まるで最初から大沢さんの家が狙われると知っていたみたいですね」

主水は独りごちた。

「高田町のお稲荷さんのお世話をさせていただいているのに、私の家を焼こうとするなんて、許せない」

勝子は厳しい目で主水を睨《にら》んだ。勝子は高田町稲荷神社の境内《けいだい》を毎日欠かさず掃除《そうじ》していて、宮司《ぐうじ》にも感謝されているという。最近、高田町稲荷神社の遣《つか》いと称する狐が放火をしているという噂《うわさ》が流れていることにも、かねてから勝子は憤慨《ふんがい》していた。

「許せないのは、お稲荷様のこと……ですか?」

主水は神妙に問いかけた。

すると勝子は、不思議そうな表情をして「どうしてお稲荷様を恨《うら》んだりするのよ」と否定した。「勿論《もちろん》、ニセモノ。偽物のことが許せないの。きっと高田町稲荷神社の本物のお遣いが、悪を退治してくださるわ。ねっ、バンクン?」そう言って、バンクンに向けて微笑《ほほえ》みかける。

「ハイ。悪は滅びマス」

バンクンははっきりとした口調で断言し、再び目を赤く輝かせた。バンクンの怒りもまだ解けていないのだろう。

「大沢さん、お待たせしました」

その時、支店のロビーに駆け込んできたのは、早明大学の二年生、木梨亭だった。現代の子どもたちの「見えない貧困」を憂《うれ》い『子ども食堂』を開こうとしている感心な青年である。

「いいのよ。私も今、来たところだから」

勝子はにこやかに応じた。どうやら二人は待ち合わせをしていたらしい。老女と若い青年が銀行のロビーで待ち合わせとは不思議な光景だと主水は思った。

「木梨さんは大沢さんをご存じなのですか？」

主水が訊くと、木梨は明るく答えた。

「ご存じもなにも、私たちの活動の重要な支援者なのです」

「私ね、若い人を応援するのが大好きなの。それだけで若返るから」

勝子も元気を取り戻したように笑顔で答える。

「私たち、勝子さんのご自宅を開放してもらって『子ども食堂』を始める計画を立てているのです。今日は、ここで待ち合わせしてからホームセンターに行き、いろいろなものを買う予定です。昨日の夜、ご自宅の塀が焼けてしまったでしょう？　それを修理してあげようと思っているんです。仲間が待っているんで、今から出かけますね」

「というわけ。主水さんも協力してくださいな」

木梨の隣に立った勝子は、幾《いく》つも若返ったような顔になっていた。

「バンクン、クラウドファンディングのアドバイスをありがとうね。早速《さっそく》、準備しているから」

木梨がバンクンに礼を言った。「どういたしマシテ。お役に立ててうれしいデス」

バンクンが優しげな声で言った。目の色はいつもの黒に戻っている。つぶらな黒い瞳は、一層、愛らしい。

勝子と木梨が仲良く支店から出ていくのを見送りながら、主水は『子ども食堂』が上手《うま》くいくことを祈っていた。

2

吉瀬紘一は、浮かない顔で高田通りを歩いていた。何件かの取引先を回り終え、支店に帰るところなのだが、気分が滅入《めい》ってどうしようもない。取引先からも、体調が悪いのではないかと訊かれてしまった。鏡を見てはいないが、きっと淀《よど》んだ土気色の顔をしているのだろう。

原因ははっきりしている。高田町稲荷の〝狐〟を名乗る何者かからの連絡のせいだ。

＊

――今夜燃えるのは大沢勝子の家だ。

昨日、仕事を終えて寮に帰り着いた直後に〝狐〟から届いたメッセージに、紘一は我が目を疑った。放火予告時間とともに記載されていた住所を見ても、間違いない。大沢勝子は、高田通り支店を何度も利用してくださっているお客様だ。優しそうな笑顔で窓口の生野香織と話しているのをよく見かける。これまで〝狐〟が天誅《てんちゅう》を下してきたのは近所の嫌われ者の家ばかりだったが、大沢勝子に関しては悪い評判を聞いたことがない。

――大沢勝子さん？　どうして？

返事はすぐに来た。

――あの女はケチで意地悪だ。懲《こ》らしめねばならない。

——そんな……悪い評判は聞いたことがないけどね。

紘一は、恐る恐る答えた。〝狐〟は怖い存在だ。なにせ紘一が憎む人間を、本当に懲らしめてくれたのだ。

しかし、今回は何も望んでいない。というよりも十分に自信をつけた紘一は、徐々《じょじょ》に〝狐〟を必要としなくなっていた。今、必要なのは、ローンのさらなる実績だ。

——お前が知らないだけだ。あの女は懲らしめねばならない。

——また燃やすのですか。

紘一は、放火という言葉をあえて使わなかった。怖かったからだ。

——そうだ。聖なる火によって清めねばならない。

——もう止めませんか。私、それよりローンの実績の方が大事なのです。

——何を言うのか。

〝狐〟からの返信の文字は、今にもスマホから飛び出さんばかりに見えた。紘一はビクリとし、首を縮めた。

——この聖なる火は、そもそもお前の願いから始まったのだ。今回は、お前に火を放ってもらおう。

せん。

――私が……。大沢さんのご自宅に火を……。で、できません。絶対にできま

紘一は震える指で返信を打った。

――やるんだ。灯油を撒《ま》き、火を放つだけで良い。簡単なことだ。もしやらなければ、今までの放火は全てお前がやったことだと警察に話す。ふふふ。

――私は何もやっていない！

――ふふふ。狐が放火したなんて、誰が信じると思う？　全てはお前がやったことなのだ。私は、お前の願いを叶えているだけで、いわば、お前の分身なのだ。分かった、やる勇気がないならば今回もお前は見ているだけでいい。火をつけなくてもいいが、必ず現場に来るんだぞ。

――待ってください。

そこでメッセージは途切れた。返事は来ない。

紘一は、その場に崩れ落ちそうになるのを必死で堪《こら》えた。

どうすればいいんだ。狐は俺の分身？　俺の願いを叶えてくれている？　確かに壱岐の場合はそうだった。あんな奴はどうなってもいいと思った。ゴミ屋敷の八雲も同じだ。以前から迷惑に感じていた。しかし、勝子の不幸を望んではいな

い。あの人が近所に迷惑をかけているとはついぞ聞いたことがない。

「どうすればいいんだ」

紘一は頭を抱えた。〝狐〟が放火していますなどと警察に言っても、信じてはもらえないだろう。二度とも事件現場に遭遇《そうぐう》していたことで、逆に犯人だと疑われて逮捕されてしまうかもしれない。

「ああ、犯人にされてしまう」

紘一は、もはやパニック状態に陥《おちい》っていた。

仮に紘一が現場に行かなかったとしても、勝子の家は燃やされてしまうかもしれない。そうなったら、怒った〝狐〟が何をしでかすか分からない。

悩んだ末に紘一は、〝狐〟が指定した時刻に勝子の自宅近くに行き、物陰に潜《ひそ》むことにした。

するとまたもや白装束《しろしょうぞく》の狐が現われ、火のついたガストーチを持っている。

勝子の自宅の板塀脇にはあらかじめ燃えやすいゴミ袋が置かれてあった。狐はガストーチでそれに火を放った。ゴミ袋の中の紙類が炎を発し始めた。狐が、コーンコーンと踊りだす。

暗闇の中に赤々と立ち上る炎。それに照らされて白装束の狐が踊る。狐の白い顔に一筋引かれた唇《くちびる》の朱色が、まるで人間の生き血のように見える。紘一は物陰に潜みながら、恐ろしさで体を震わせた。それはかつて味わったことがないほどの恐怖だった。

紘一は、ポケットからスマートフォンを取り出すと、番号非通知で消防署に通報した。

「狐が踊っている……」

やがて消防車のサイレンが聞こえてきた。

その時、〝狐〟が紘一のほうを振り向いた。目を吊《つ》り上げ、全身から怒りのエネルギーを発している。白目の部分が、血の色に染まったように見えた。紘一は、思わず息を詰まらせ、目を閉じた。

次に目を開けた時には、狐の姿は見えなかった。紘一も慌《あわ》てて、その場から立ち去った。

＊

「吉瀬さん、吉瀬さんじゃないですか」

ふいに、目の前から声をかけられた。

俯《うつむ》いて歩いていた紘一は、立ち止まって顔を上げた。

向こうから歩いてきたのは、若い男と老女だった。声をかけてきたのは若い男のほうだ。その瞬間、足がガタガタと震えだした。

若い男——昨日、紘一がけんもほろろに融資《ゆうし》を断わった大学生・木梨亨とともに歩いていた老女は、なんと昨夜放火に遭《あ》った大沢勝子だったのだ。なぜここで、この二人に会うのだ！　紘一は混乱した。二人が紘一の罪を暴《あば》いて責《せ》めにきたのだと思い、今にも土下座しそうになったのである。

「ありがとうございました」

しかし紘一の予想に反して、木梨はこれ以上ないほどのにこやかな笑顔で頭を下げた。

あっけにとられた。

礼を言われることなどしただろうか。いや、むしろ憎まれることをしたのではなかったか。木梨が必死で頼み込んできた融資を、自分は「金額が少な過ぎる」とにべもなく退《しりぞ》けたのだ。

「あの……御礼なんて。失礼します」

紘一は再び俯いて、その場を立ち去ろうとした。勝子の顔を見るのも辛《つら》かった。

「本当に感謝しているんです」

木梨の言葉に、吉瀬は足を止めた。

「吉瀬さんにきっぱりと融資を断わられたお陰で、お金を借りるということは生《なま》半可《はんか》なことではないんだと自覚しました。責任感が強くなりました。あの後、支店の方にクラウドファンディングのアイデアを頂きまして、今、その方向で上手く行きそうなんです」

屈託《くったく》のない木梨の笑顔を前に、紘一は恥ずかしさで顔が赤く燃えだしそうだった。よもや融資を断わったことを感謝されようとは……皮肉を言われているようで辛い。

「そうでしたか」

紘一は生返事をし、とにかく逃げ出したかった。ところが木梨は、まだ逃がしてくれない。

「こちらは大沢勝子さんです。こんどご自宅を開放して、私たちのやろうとしている『子ども食堂』を一緒に運営してくださるんです。もうすぐ大沢さんがお作りになる料理を、子どもたちに食べてもらえるのです」

木梨が勝子に笑顔を向ける。

「そうでしたか」

紘一は弱々しい声で応じた。

勝子の自宅に放火する〝狐〟の悪行に加担《かたん》したことを、猛烈に後悔した。

紘一と〝狐〟が焼こうとした勝子の自宅で、貧しい子どもたちが楽しく食事をするという。もしあのままお宅が炎に包まれていたら、子どもたちの楽しみを奪うことにもなっていたのだ。

紘一は、消防署に通報したことに安堵《あんど》しつつも、なんと自分は残酷《ざんこく》なことに手を染めたのだろうかと心の中で涙を流し、勝子に謝罪していた。

「若い人にご協力すると、私自身も若返りますからね。息子とも別居していますし、どうせ一人暮らしですから。若い人がいると防犯上もよろしいでしょう？ 昨日、実は、家に放火されたのですよ」

勝子は表情を曇《くも》らせた。

「大丈夫だったのですか」

紘一はあえて訊いた。板塀の一部が焼けた程度だと知ってはいたのだが、訊かずにはおれなかったのだ。

勝子は笑みを浮かべた。

「それがね、板塀が少し焼けただけで済んだのよ。これも高田町稲荷神社のお陰よね」

「えっ、高田町稲荷神社の狐が放火したんじゃないんですか。そ、そんな噂《うわさ》ですが」

紘一は慌てて訊き直した。

「あんな狐、偽物よ。高田町稲荷神社の本物のお遣いが悪を退治してくださるわ。ねえ、木梨さん」

「はい、おっしゃる通りです」

木梨は勝子に同意すると、紘一に向き直った。

「ぜひ、クラウドファンディングで寄付を募《つの》る時はご協力ください。近々、子どもたちと一緒に食事をする機会を設けますので、参加してくださいね。よろしくお願いします」

木梨は、深々と頭を下げた。

紘一は、とにかくその場を逃げださねばならないと思った。

自分は最低の人間だ。木梨に、そして勝子に頭を下げなくてはならないのはこっちの方なのだ。もういたたまれなくなって、紘一は「それでは失礼します」と早口に言い、駆けだした。

3

久住義正社長のことを訊きたいと思い、主水は支店で紘一の帰りを待っていた。

しかし午後三時の閉店時刻になっても、紘一は帰ってこない。いったいどうしたのだろうか。

主水は、紘一の上司である営業二課長の堀本の席に向かった。

堀本は、難しい顔をして書類に目を通していたかと思うと、ガバッと顔を上げ、部下に向かって「なんだ、この実績は！　やる気あるのか！」と大声を張り上げている。

これでは部下が委縮《いしゅく》してしまうだろう。古谷支店長に一度、注意してもらった方がいいのではなどと思いながら「すみません。課長」と声をかけた。

「なんですか？　主水さん。今、忙しいんだけど」

堀本は、さも面倒臭いという表情で主水を睨《にら》む。

「吉瀬さんですが、まだお帰りではないですか？」

「吉瀬？　ああ、今日は帰ってこないよ」

「えっ、どうかなさったんですか」

主水の問いに、堀本は渋い表情になった。

「なんだか体調が良くないんだってさ。外訪先から連絡があって、このまま寮に帰らせて欲しいってさ。全く、だらしねぇよな。あいつジョギングしているから、体、丈夫なはずなのに。この間、寒い日が続いただろう。その日、走って汗かいて、風邪《かぜ》を引いたみたいだっていうんだ。もう何日か前のことだぜ。今頃、風邪引くかね。最近、調子出てきたって思っていたのに、またこれだよ」

堀本は、不満を吐き出すように一気に喋《しゃべ》った。

「そうですか、風邪ですか」

主水は、何かが引っかかる気がした。

「急ぐ用事なら携帯に連絡してよ」

堀本は、再び書類に目を落とした。

「寒い日にジョギングねぇ……」

主水は呟《つぶや》いた。

4

紘一は、高田町の公園のベンチに一人座っていた。

住宅街の中にポツンと取り残されたような小さな公園だ。あるのは滑《すべ》り台と砂場だけ。砂場では幼い子ども——五歳か六歳くらいだろうか——が一人で遊んでいる。お母さんがいないが、近くのコンビニにでも行っているのだろうか。

紘一は、スマートフォンに視線を落としていた。先ほど〝狐〟からメッセージが届いていたのである。

——お前は私の邪魔をした。必ず祟《たた》ってやる。

まるで地獄の底から聞こえてくるような呪詛《じゅそ》の言葉だった。

紘一は、恐ろしさでスマートフォンを落としそうになった。それからはどこをどう歩いたか分からない。気がつけばこの公園に来ていた。堀本課長には、体調がすぐれない、風邪を引いたみたいだ、このまま寮に帰らせて欲しいと嘘《うそ》の連絡を入れた。

これからいったいどうしたらいいんだ。俺は、放火犯の一味になってしまうのか。いったいどんな祟りが襲ってくるのか。警察に逮捕されてしまうのか。考えれば考えるほど、死にたくなってしまう。

「ああっ」

紘一は思わず叫び声を上げ、頭を掻《か》きむしった。

「おじさん、どうしたの？」

可愛《かわい》い声がする。頭を上げると、目の前に天使がいた。……いや、違う。幼い男の子が、紘一に笑顔を向けていたのだ。つぶらな瞳に、ピンク色の可愛い唇。ふっくらとした頰《ほお》。

しかしよく見ると、寒くなってきたにもかかわらず薄い半袖のTシャツに半ズボン、裸足《はだし》にサンダルという格好だった。Tシャツはどことなく薄汚れている。顔も手も足も、垢《あか》じみていて浅黒い。

さらに、半袖から覗《のぞ》く細い腕に、赤い痣《あざ》がいくつかあるのが見受けられた。何かで強く締めつけられたような痕《あと》だった。古い痣もあるのか、一部は赤黒く変色している。

虐待《ぎゃくたい》だろうか？

「おじさん、泣いてるの？」

男の子は優しく訊《たず》ねる。

紘一は、瞼《まぶた》に手を当てた。冷たい。その時、涙を流していたことに気づいた。

「大丈夫だよ」

紘一は笑みを浮かべた。

クーッと小さな音が聞こえた。男の子のお腹からだ。空腹なのだろうか。

「お母さんは？」

紘一は訊いた。

「おうちにいる」

男の子が言った。

おうちにいる？　どういうことだろうか。

「一人で遊んでいるの？」

「うん。パパに叱《しか》られて、家から出ていけって言われたの。お母さんが謝ってくれたんだけど、許してくれないの。僕が朝ご飯をこぼしたから。僕が悪いの？」

「朝ご飯って」紘一は驚いて腕時計を見た。今、午後四時だ。「まさかお昼ご飯も食べてないの？」

「うん」

男の子は頷《うなず》いた。天使のように見えた笑顔が、悲しそうな顔になった。

先ほどの小さな音は、やはり空腹のために鳴った男の子の腹の虫だったのだ。

「お腹、すいた？」

「すいた」

「何か食べる？　何が良い？」

「僕、ラーメンが好き」

思い浮かべるだけで食欲を刺激されるのか、男の子が再び笑顔になった。

「ラーメンか？」

近所にラーメン屋はない。どうしようかと考えた。

コンビニ！　そうだ、コンビニのイートイン・スペースでインスタントラーメンを食べよう。

「コンビニのラーメンでもいいかな？」

「うん」男の子は頷いたが、すぐに「知らない人に物をもらうとパパに怒られる」と真顔になった。

紘一は男の子の腕を掴《つか》む。

「これはお父さんに叱られたの？」

「パパが、力いっぱい握《にぎ》ったり、叩《たた》いたりしたんだ。でも僕が悪いんだよ」

紘一は腕を放した。

「おじさんは、吉瀬紘一っていうんだ。第七明和銀行高田通り支店に勤めている。これで知らない人じゃないだろう？」

行員証を見せると男の子は笑みを浮かべ「僕もコウイチって言うんだ。同じだね」と言った。

「そうなの？　同じコウイチだ。では仲良しだね。それじゃ行こう」

紘一は、コウイチの手を取ってコンビニに向かった。

心が温かくなる。木梨と勝子のことが思い浮かんだ。

――恵まれない子どもに温かい食事か……。

コンビニに入り、紘一は、コウイチのためにカップ麺《めん》を買い、湯を注《そそ》いでもらう。それとクリームパンを一個と小さなパック入りの牛乳を一本。

イートイン・スペースにコウイチを座らせる。

「さあ、食べていいよ」

紘一は、テーブルにカップ麺、クリームパン、牛乳を置いた。

「いいの？　本当に食べていいの？　僕、ラーメン大好き。クリームパンも牛乳も大好きだよ」

「どうぞ。食べていいよ」

紘一が返事をするや否《いな》や、コウイチはカップ麺を音を立てて啜《すす》り始めた。

「おいしい？」

「うん」

麺を口に含んだまま、大きく頷く。

紘一は、コウイチの腕を見る。痛々しい赤い痣——これは酷《ひど》い。絶対に虐待だ。

コウイチを助けよう。

紘一は決意した。

「美味《おい》しかった。おじさん、ありがとう」

コウイチは満腹になったのだろう。満面の笑みを浮かべた。

「送っていくから。おうちはどこかな」

紘一が言うと、瞬時にコウイチは真剣な顔に変わった。

「パパに叱られるからいいよ」

余程《よほど》、父親が怖いのだろう。

「大丈夫だよ。おじさんがちゃんと話してあげるから。さあ、案内して」

紘一は、コウイチの手を取ってコンビニを出た。

迷っていた様子だったコウイチも決心したのか、紘一の手を引っ張るようにして歩く。

先ほどの公園を通り過ぎた先に、決して立派とは言えない外見の二階建てアパートが見えた。

「あれがおうち」

コウイチが指さした。

紘一は、唾《つば》を飲み込む。果たして父親はどんな男なのだろうか。母親はどうしてコウイチを放置したのだろうか。

「さあ、行こうか」

紘一はアパートに向かって歩く。

アパートの名前は「レジデンス高田」となっている。とてもその名前が相応《ふさわ》しいとは思えない安普請《やすぶしん》だ。コウイチの家は、一階の右隅にある一〇一号室だという。

紙製の表札に「新藤《しんどう》」とある。コウイチの名字は新藤というのだろう。

「じゃあ、おじさんがパパにちゃんと言ってあげるからね。コウイチ君はいい子だって」

笑顔を向けると、コウイチも嬉《うれ》しそうな笑みを返してきた。

紘一は、意を決してドアを叩いた。何度か叩くと、ドアが少し開いた。その隙《すき》間《ま》から、ギロッと目が覗いている。

「なんか用か？」

野太い声がした。

「あのぅ」紘一は少したじろぐ。「公園でコウイチ君が一人でしたので、連れてきました」

紘一が用件を言い終わらないうちに、ドアがバンと音を立てて開いた。

「てめぇ、うちのコウイチになにしやがった」

中から、大柄な男が現われた。髪の毛は乱れ、顔には無精《ぶしよう》ひげを生やし、上下ともいわゆるジャージ姿である。これが父親か。息が酒臭いではないか。

「なにもしてません。一人で長く遊んでいたから、連れてきたんです」

紘一は胸を反《そ》らせて反論した。

父親は、紘一の傍《かたわ》らに体を隠すようにしているコウイチを見下ろした。

「おい、こっちへ来るんだ」

怒ったような顔で父親は手を伸ばし、コウイチの腕を摑んだ。傍目《はため》にも手加減せず強く握っているのが分かる。コウイチの顔が歪《ゆが》んだ。

「痛がっているじゃないですか？　放しなさいよ」

紘一は父親の腕を摑んだ。

「邪魔するな。コウイチ、こっちへ来るんだ」

父親がコウイチの腕をぐいっと引く。コウイチの体が父親のもとに、まるで飛んでいくように引き寄せられた。

「痛いよ。パパ、ごめんなさい」

コウイチが泣き出す。その時だ。パンと乾いた音が紘一の耳に聞こえた。父親が、空いた手でコウイチの頰をぶったのだ。

「止めなさい。あなた、虐待ですよ」

紘一が強い口調で抗議する。

「黙れ、構うな。俺のガキだ。どうしようと俺の勝手だ」

父親は怒鳴ると、コウイチを部屋の中に引き入れ、ドアを閉めた。

「虐待ですよ」

紘一は、閉められたドアに向かって叫んだ。中の様子を探ろうとドアに耳を当てると、かすかに泣いているような声が聞こえる。コウイチが叱られて泣いているのだろう。

「ちきしょう!」

紘一は、思わず舌打ちをした。

虐待の事実を知ったら、児童相談所に通報するのが市民の務《つと》めだ。

紘一は、スマートフォンで児童相談所の電話番号を調べ、連絡した。相談員が電話に出る。

紘一は「レジデンス高田」一〇一号室の「新藤」さんの家でコウイチという少年が虐待を受けていると説明した。

「何とかしてください」

紘一は必死で頼んだ。

「分かりました。すぐに対応します」

相談員は答えるのだが、なんとなく反応が鈍《にぶ》い感じがする。すぐにでも駆けつけて欲しいのだが、そういう印象を受けない。これが役所仕事というものか。もしコウイチの身に何かあったらどうするのだ。

平成二十九年度の児童虐待相談件数は、一三万三七七八件。前年比一万一二〇三件も増加し過去最高だと、新聞で読んだ。うなぎ上りといってもいい。児童相談所は真摯《しんし》に努力しているのだろうが、対応が間に合っていないというのが実情ではないか。そのため児童の虐待死という悲劇が起きてしまうのだろう。

「絶対にコウイチを救い出す」

紘一は固く心に誓《ちか》ったのである。

5

主水は、紘一が住む独身寮のロビーにいた。この寮には、新宿区にある数箇所の支店に勤務する独身男性が居住している。

主水がここに来たのは、紘一に会うためだった。現在、午後四時。まだ紘一は帰ってきていない。風邪で体調がすぐれないので寮に戻ると堀本課長に連絡したのは虚偽《きょぎ》だったのか。

もう少し待って帰ってこなければ諦《あきら》めようと思った矢先、ロビーに紘一の姿が現われた。

俯いているが、主水の目は、紘一の深刻な表情を捉《とら》えていた。なにやら思い詰めているようだ。

「吉瀬さん」

主水が声をかけると、紘一はハッと顔を上げた。一瞬、目の前にいるのが誰か判断つきかねているのか、驚き、戸惑《とまど》っている。

「主水です」

「ああ、主水さん。びっくりしました。どうされたのですか?」

「お待ちしていました」

主水は警戒されないように微笑んだ。

「私を? なぜですか?」

紘一は首を傾《かし》げた。

「そこでちょっとお話をしませんか?」

主水は、ロビーに置かれている来客用のソファを指さした。

「ええ、いいですけど……。なんか気味悪いな」

紘一は、苦い表情になる。主水の意図を測《はか》りかねて警戒しているのだろう。

主水と紘一は、小さなテーブルを挟んで向かい合って座った。

「今日は体調が悪いとお聞きしていますが……。どんな具合ですか」

主水は視線を強くする。

紘一の表情が強張り、やや慌《あわ》てた様子で、口に手を当て、咳《せき》をした。

「ちょっと、風邪かな」

紘一の視線が泳ぐ。

「吉瀬さんに伺《うかが》いたいのは、『りんごハウス』の久住義正社長のことです」

主水が話を切り出すと、紘一は意外そうな表情をした。

「久住社長のことですか」

「久住社長はどんな方ですか？」

「どんな方って？　取引先の社長じゃないですか」

分かりきったことを質問するなという不快が表情に表われている。

「どういう取引先なのですか？」

「どういうって……。佐藤建設の子会社の社長ですよ。佐藤建設は、佐藤正信社長が率《ひき》いる建設会社で、支店の最重要取引先です」

「子会社の『りんごハウス』は何をなさっているんですか？」

「佐藤建設は、今、シェアハウス事業に力を入れています。その中心的役割を担《にな》っているのが『りんごハウス』です」

「シェアハウスというのは若い人に人気のある共同住宅ですね」

「そうです。よくご存じですね」

主水がシェアハウスのことを知っているのが意外だったのか、紘一は少し驚いているようだった。

「中心的役割とはどんなものですか？」

主水が質問を続けると、紘一の顔が歪んだ。もはや不愉快が満面に表われている。

「主水さん、何を知りたいんですか。『りんごハウス』になにか問題があるんですか。久住社長のお陰で、高田通り支店のローンの実績は絶好調なんです。ホント気分、悪いなぁ」

「気分を害して申し訳ありません。問題があるかどうかは分かりません」

主水は冷静に答える。

「だったらなんですか。私、風邪気味なんです。失礼しますよ」

紘一は怒りを隠さず、立ち上がろうとした。

「あの久住という人物は、恐ろしい男ではないかと思うのです。あの男に関わり合ったら大変な問題に巻き込まれます」

主水は、紘一を真《ま》っ直《す》ぐに見つめた。

「えっ」紘一は、上げかけていた腰をソファに落とした。「それは本当ですか」

「ええ、これまで高田通り支店、そして第七明和銀行は、何度か存続の危機に直結する事件に巻き込まれました。それらの事件に彼は関係していると思われます。これは私の直感ですが……」

「直感と言いますと？」

紘一の顔がやや青ざめた。

「彼は、事件の都度《つど》、その姿、形を変えています。まるで変幻自在《へんげんじざい》、悪魔のような人間で、本当の姿は謎《なぞ》です。ただし広域暴力団天照竜神会のトップである町田一徹の配下にいることだけは分かっています。私は久住社長にその臭いを感じたのです。ですから吉瀬さん、深入りは止めた方がいいと思います」

「臭いを感じた？　直感？　そんなことで人を疑うのですか？　久住社長には古谷支店長にお会いいただき、意気投合されました。これからもどんどん支援しますと古谷支店長も約束されたのです。それをなんですか？　あなた庶務行員《しょむこういん》でしょう。銀行の融資方針に口を挟《はさ》む権限はないはずです。いい加減な情報で、私の邪魔をしないでください」紘一は、唾《つば》を飛ばさんばかりに興奮している。「分かりました。主水さん、あなた誰かに頼まれて私の邪魔をしているんですね。私が最近、成績を上げているから、嫉妬《しっと》している営業課の人間に頼まれたのですか」

「私は、誰にも頼まれていません。吉瀬さんが心配なだけです。私の直感が正しければ、かならず面倒なことに巻き込まれます。もし気がかりなことがあれば必ず相談してください」

主水は、紘一の異常な興奮ぶりに不安を覚えた。そのため強い口調で言った。

「ご忠告、ありがとうございます」

紘一は決然と立ち上がった。

「最後にもう一つだけ。吉瀬さんはジョギングがご趣味だと伺っています。風邪をお引きになったのは先週の、非常に寒い日にジョギングされたのが原因とお聞きしました。ところで、神田川で壱岐隆という人物とトラブルを起こされませんでしたか」

主水は、紘一のわずかな表情の変化も見逃すまいと、睨むように見つめた。

「知りませんよ！　そんな男！」

紘一は逃げ出さんばかりに足を踏み出し、背中を見せて歩き始めた。

しかしふいに立ち止まり、主水のほうを振り返った。

「主水さん」

紘一の表情から、急速に興奮が消えていく。

「はい、何でしょうか？」

主水は努めて柔和《にゅうわ》な笑顔を向ける。

「高田町稲荷は祟るでしょうか？」

紘一は不安そうな表情を見せた。

「高田町稲荷は、この町とこの町の人々の幸せを守る神様です。絶対に人に禍《わざわい》をもたらしたり、祟るというようなことはありません」

主水が穏《おだ》やかに答えると、紘一の表情が少し和《やわ》らいだ。

「それを聞いて安心しました」

「もしご心配なことがあれば、高田町稲荷の賽銭箱《さいせんばこ》に願《ねが》い文《ぶみ》を入れられたらいかがでしょう」

「願い文ですか……。ありがとうございます。主水さん」

「はい」

「主水さんは警察の人とも親しいですね」

「はい。庶務行員ですから。銀行を守るために親しくしております」

主水は笑みを絶やさない。

「高田町稲荷に助けてもらいたい子どもがいるんです。もし稲荷の遣いがその子どもの家に現われたら、その子を虐待から守るために、親しい警察の方に救援を頼んでください。お願いします」

紘一は弱々しい笑みを浮かべ、頭を下げた。

「承知しました。多加賀主水は庶務行員です。なんなりとお引き受けいたします」

主水は胸を叩いた。

紘一は再び頭を下げると、ロビーから離れていった。

6

――コーン、コーン……。

高田町のアパート「レジデンス高田」の前で、深夜、街路灯に照らされながら狐が踊るのを、多くの人が窓越しに目撃した。

狐は、物悲しげだがよく響く鳴き声と共に、触れて回った。

――レジデンス高田、一〇一号室のコウイチ君を助けたまえ。父親の虐待から救いたまえ……。

そして一〇一号室のドアに「コウイチ君を救え」と大書されたビラを貼ると、同じビラを周囲に撒いた。

繰り返し、繰り返し「コウイチ君を救いたまえ」と言う。

一〇一号室のドアが突然、開いた。

中から大柄な男が包丁を持って飛び出してきた。街路灯の明かりで、包丁の刃がきらりと光る。

「なんだ！　何者だ！　てめえ、ぶっ殺してやる！」

男が包丁を振りかざした。そこへ一〇一号室から女性と幼い子どもが飛び出してきた。二人は男の体にすがりつくと「パパ、やめて！」と悲鳴を上げた。

男が二人に気を取られ、狐から目を離した隙に、狐はものすごい速さでその場から走り去った。それは日ごろ走って鍛《きた》えていないと無理だろうというスピードだった。

ただ、目撃した人々は、のちに「狐はおかしな格好だった」と口を揃えた。

最近、放火現場に現われると噂の狐は白ずくめの、まるで忍者のような着物、袴《はかま》、脚絆《きやはん》姿だという。稲荷神社の遣いらしいスタイルだ。

ところが今回の狐は、奇妙だった。

ダークグレーの長いジョギングパンツのようなものを穿《は》き、上着も同色のトレーナーらしき服。狐の面をかぶってはいたが、白装束といえるのは、肩にかけた白いマントだけ。そのマントもなにやらありあわせの白い布のようだった。

「あれじゃ誰かが高田町稲荷の遣いに化《ば》けているのが、まるわかりだね」

目撃者たちは、呆《あき》れ気味に噂した。

しかし狐の告発は、すぐに効果を及ぼした。

高田署の少年課の警官が数人、レジデンス高田一〇一号室を家宅捜索し、子どもを保護すると同時に、父親を児童虐待の疑いで逮捕したのである。

被害を受けた児童は新藤光一君、五歳。

体には多くの虐待の痕があり、食事も満足に与えられておらず、同年齢の子どもに比べれば発育状況は十分ではなかった。

父親は「躾《しつけ》だ」と言い、虐待を否定しているが、その言い分は警察には通用しない。

父親は光一君の継父で、血のつながった実の母親は、彼の暴力を恐れて光一君を守れなかったと泣いて謝罪した。

母親と光一君は、母子生活支援施設に保護され、生活を建て直す一歩を踏み出すこととなった。

主水だけは、あの奇妙な狐の正体が紘一だと気づいていた。

そして紘一は、もう一匹の〝狐〟についても何か知っているはずだ、と……。

第五章　地面師

1

日曜日だというのに突然スマートフォンにかかってきた電話の発信者名を見て、吉瀬紘一は暗い気持ちになった。発信者は佐藤正信――佐藤建設の社長である。

「来てくれないかな。ぜひとも頼みたいことがあるんだ」

仕方なく電話に出ると、佐藤社長は例によって粘《ねば》っこく、下手《したて》に出ながらも有無を言わせぬ口調でそう言ってきた。

支店の優良取引先であり、紘一にとって最大の取引先でもある佐藤建設の社長直々《じきじき》の頼みとあれば、日曜日といえども駆けつけねばならない。

しかし、本音を言えば紘一は、あまり気が進まなかった。

その最たる理由は『りんごハウス』の社長、久住義正の存在にあった。久住は、佐藤社長の右腕ともいうべき人物で、佐藤建設の業績を支えている。佐藤建設がシェアハウス事業で稼ぎに稼いでいるのは、久住の経営する『りんごハウス』がシェアハウスのオーナー希望者を勧誘してくるからなのだ。

同僚の庶務行員《しょむこういん》、多加賀主水に言われた言葉が気になって仕方がない。

——あの久住という人物は、恐ろしい男ではないかと思うのです。あの男に関わり合ったら大変な問題に巻き込まれます。

主水はそう言ったが、すでに紘一は巻き込まれている。佐藤からの依頼で、やむを得ず実行したローン偽装の一件。あれは久住が連れてきたオーナー希望者への無理なローンである。

自分の中では、支店にとって最重要の取引先である佐藤建設のために不正に手を染めたのだと理解し、納得させていた。

もしこのことが発覚したとしても「佐藤社長の依頼を断われば、支店に迷惑をかけることになると思ったからです」と言い訳すれば許してもらえそうな気がしていた。

しかし、あの件は佐藤の依頼ではあるが、よく考えてみれば久住の依頼でもある。その意味で、紘一は自分が深く久住に関わってしまっていることにようやく気付いたのだ。主水の予言が当たっていることに、紘一は身震いを覚えた。

さらに不幸が重なりそうな気配がある。あの〝狐《きつね》〟を名乗る何者かからの脅《きょう》迫《はく》だ。

——お前は私の邪魔をした。必ず祟《たた》ってやる。

三度目の放火事件の翌日、〝狐〟から届いたメッセージに、紘一は戦慄《せんりつ》した。〝狐〟は、現場に居合わせた紘一が消防に通報したことを知っている……。

だから「祟ってやる」と言ってきたのだ。最初のうちこそ紘一が天誅《てんちゅう》を加えたいと願った相手を懲《こ》らしめてくれていた〝狐〟だが、いつの間にか、望まない人間にまで危害を及ぼすようになってしまった。

あの〝狐〟は誰なのか？

高田町稲荷神社の遣《つか》いなどという霊的な存在であるはずがない。誰か人間が扮《ふん》しているに違いない。ところが実際、暗闇の中で燃《も》え盛《さか》る火炎を前に踊っている〝狐〟の姿を見ると、とても人間とは思えないのだ。なにか不可思議な存在だと思えてくる。

祟られる前に、〝狐〟の正体を暴《あば》きたい。しかし、その考えすらたちまち〝狐〟に見破られ、本当に祟られてしまうかもしれない。

「祟る」とは、どういうことか。それはおそらく、自分が一連の放火の犯人に仕立て上げられることを意味する。

過去三件、〝狐〟の言いなりになって、火事現場に立ち会ってきた。警察にアリバイを厳しく追及されれば、立ち会ったことを白状せざるを得ないだろう。そうなれば、放火犯にされてしまう。

〝狐〟が放火して、踊るのを見ていました。〝狐〟の指示に従っていました。そんな供述《きょうじゅつ》を、警察が信用するはずがない。

——神田川で壱岐隆という人物とトラブルを起こされませんでしたか。

独身寮を訪ねてきた庶務行員の多加賀主水にそう問われた時は、卒倒《そっとう》するかと思うほど驚いた。

主水は高田署の刑事とも懇意《こんい》にしている。ということは、一件目の事件——壱岐隆の家に放火したのは紘一ではないかと疑っているのだ。そうに違いない。

「ああ、どうしたらいいんだ」

紘一は頭を抱《かか》えた。

「やあ、待たせたね」

その時、いきなりドアが開き、佐藤と久住が入ってきた。

紘一は、パイプ椅子《いす》を蹴《け》って立ち上がった。勢い余ってパイプ椅子が倒れ、かまびすしい音を立てる。

「すみません」

紘一は、慌《あわ》ててパイプ椅子を起こした。

「いえいえ、驚かせてしまって申し訳ありません」

顔をしかめるどころか物腰柔《やわ》らかに、佐藤が紘一の前に立った。その傍《かたわ》らにいる久住はいつものように無表情だ。

「今日はどんなご用件でしょうか」

紘一が訊《き》くと、佐藤はにやにやと薄笑いを浮かべた。

「簡単なことなんです。ここに客が来ます。非常に重要な取引が始まります。その場に、君にも立ち会って欲しいんです」

「取引の立ち会い、ですか」

「そうですよ。銀行員の君がいてくれたら、相手側への信用になるんですよ」

相変わらず佐藤は薄笑いを浮かべている。

「私が、信用になるんですね。そんなことでよければ、立ち会います。どんな取引なのですか？」

「ようやく目的が達成できそうなんですよ」

佐藤が今度は「うふふ」と本当に嬉《うれ》しそうに含み笑いを漏《も》らした。

「私が説明しましょう」

相変わらず無表情のままの久住が、テーブルに地図を広げた。

それは、高田町の住宅全図だった。各住宅の所有者の名前が小さな字で細かく書きこまれており、どこに誰が住んでいるかがひと目で分かる。

「私はね、ここに大きなマンションや商業ビルを建てるのが夢なんですよ。融資《ゆうし》を頼みますね。吉瀬さん」

佐藤が、高田町三丁目の辺りを指でぐるりとなぞった。

「この三丁目は、神田川と早稲田《わせだ》通りに挟《はさ》まれたエリアです。佐藤建設さんは以前から土地を保有しており、今は駐車場として使用しています」久住は、高田町三丁目の「駐車場」と記入された箇所《かしょ》を指さした。「私は佐藤社長の意を受けて交渉を続けてきまして、この度《たび》、こことここの二箇所を買い取ることができました」

久住が示した場所を見て、紘一の背筋は寒くなった。顔が強張《こわば》る。

それは、放火された壱岐隆と八雲新次郎の自宅敷地だったのである。

久住が初めて表情を変えた。口角をかすかに引き上げたのだ。紘一には、不気味な笑みに見えた。

「この二箇所の地主様とは、真摯《しんし》に交渉を重ねてきたにもかかわらず、なかなか結実せずにいました。ところがこの度、不幸なことに放火の被害に遭《あ》われまして、お二人とも売却を決心してくれました」

「ちょっとオセロゲームみたいなんだけどね」佐藤が口を挟む。「我が社の駐車場、壱岐さんと八雲さんの土地を手に入れると、四隅《よすみ》のうちの三つを押さえることになるんですよ」

佐藤建設の駐車場が南東の角、壱岐の土地が北東の角、八雲の土地が北西の角……。ここまで押さえれば、残っているのは南西の角だけだ。

オセロゲームで四隅を押さえれば、まず勝利は堅《かた》い。

最後の南西の角は……。

紘一は、顔から血の気《ちけ》が引いていくのを感じた。その場に倒れ込みそうになり、慌ててテーブルの端《はし》を強く摑《つか》む。唾《つば》を飲み込むと、ごくりと音がした。

「顔色が悪いですが、どうかしましたか」

久住が再び口角を引き上げた。不気味の上に、不敵が加わった笑みだ。

紘一の視界の中に「大沢勝子」の文字が飛び込んできた。

久住が人差し指で軽く触れるように押さえているのは、大沢勝子の自宅だった。

「三丁目の南西に位置するそのお宅は、敷地面積が約二三〇坪《つぼ》あるんです」佐藤は地図をちらりとも見ずに言った。「建物は古い。庭は、あまり手入れが行き届いているというわけじゃないようですね」

「このお宅も先日、例の連続放火に遭ってしまいましてね。幸《さいわ》い、塀《へい》を焼いただけで済みました。ただ、それで気が変わったのでしょう。私どもとの交渉が上《う》手《ま》く行き、売却に合意してくださったのです」

久住が誇《ほこ》らしげに宣言した。

「とにかく久住社長の交渉力はすごいんです。私が何年もかかってダメだったものを、あっと言う間にまとめてくれた。この四つの角を押さえれば、もうこっちのものだ。中にある家は、どうにでもなる。二〇二〇年には、ここにでっかいビルを建てるんです。どうですか？　凄《すご》いでしょう？」

「本当に、大沢さんは売ることに同意したのですか？」

紘一は、おそるおそる久住に訊いた。やたらと喉《のど》が渇《かわ》き、舌がもつれた。

「ええ、同意されました。それで今から大沢さんご本人とお抱えの司法書士が、ここへ来られるんです」久住は紘一を睨《にら》むように見つめた。「吉瀬さんは、大沢さんをご存《ぞん》じですか？」

「はい、高田通り支店のお客様ですから。担当ではないので親しくはないですが」

紘一は慎重《しんちょう》に言葉を選んで答えた。

「そりゃなによりだ。取引のある銀行がバックについていると分かれば、相手も安心するでしょう。なにせ一二億円ほどの取引ですから」

「吉瀬さんには、私たちの信用補完のために、ここにいて欲しいんです」

佐藤は紘一の手を取り、微笑《ほほえ》みかけた。

その傍らでは、久住が紘一を睨んでいる。久住の眼光には凄《すさ》まじい威圧感《いあっかん》があり、なぜだか反論できなくなってしまう。

紘一は、動揺した。信用補完と言われても、購入融資の確約をしたように理解されては困る。一〇億円以上の取引に関わる融資なんて、そう簡単に決裁されるものではないのだ。

「信用補完と言われても、融資は……」

困惑《こんわく》で紘一の顔が歪《ゆが》む。

「大丈夫」佐藤が、紘一の肩を叩《たた》いた。「一二億円、まるまる貸してくれなんて言いませんよ。ちゃんとご相談しますから。吉瀬さんの実績が上がるように考えますから」

「それなら……いいですけど」

紘一は、額《ひたい》にじんわりと汗が滲《にじ》むのを感じていた。

「一つ、条件があります」

久住が険《けわ》しい表情で人差し指を立てた。

「なんでしょうか？」

紘一が訊くと、久住は人差し指を口許《くちもと》にあてがった。

「相手が来られたら、どんなことがあっても一言も言葉を発しないでください」

「黙っていろと？」

「そうです。絶対に何も言わないでください。それを破られると、祟りがありますよ」

久住が、今度は両方の口角を引き上げ、薄笑いを浮かべた。

「まあ、そういうことです。何も言わないで、ただ座っていてくださるだけでいいんです。またローンを斡旋《あっせん》しますから。今、他の銀行が、借りてくれ、借りてくれってうるさいんです。でも私は、うちは第七明和にお世話になっているからって、みな、断わっていますからね」

不審げな表情の紘一を見て、佐藤が取りなした。

「ありがとうございます。承知しました」

「沈黙を守れ」とは変わった要望だが、土地の売買《ばいばい》取引について銀行員に何かを話せと言われる方が困ってしまう。銀行員の場合、契約の場で言葉を発すると、融資の約束と誤解されかねないからだ。

「では、よろしくお願いします」

久住が満足したように言った。

「そうだ……」紘一はふと思い出して訊《たず》ねた。「『子ども食堂』はどうするんでしょうか？」

「ん？」

その時、久住が初めて僅《わず》かな戸惑《とまど》いを見せた。

「大沢さんは、早明大学の学生と一緒に『子ども食堂』を始めようとなさっていました。ご自宅を開放して、恵まれない子どもたちのために食事を提供する計画を立てておられたのです。それはどうするのかな、と思って」

「さあ……」

紘一の説明を聞いても久住は曖昧《あいまい》な返事をするだけで「では、そろそろ迎えにいきます」と、そそくさと会議室から出ていってしまった。

「さあ、いよいよですよ。吉瀬さん、頼みますよ」

佐藤が指をぽきぽきと鳴らし、顔をほころばせた。

2

「主水さん、テーブルはこっちよ」

生野香織が手を振っている。

主水は、木梨亭と息を合わせて、大きなテーブルをリビングに運び込んだ。

「さあ、そこに置いてください。私が拭《ふ》きますから」

リビングでは椿原美由紀が、布巾《ふきん》を持って待っている。鮮やかな花柄のエプロン姿が、なんとも言えず色っぽい。

「主水さん、美由紀ちゃんを見て、うっとりなんかして。ボケッと生きてんじゃねぇよ！」

香織が、最近流行《はや》りの教養バラエティー番組のキャラクターのセリフを真似《まね》る。香織のエプロンには、その毒舌キャラクターの絵が大胆《だいたん》にプリントされていた。

「そのエプロン、可愛《かわい》いですね」

額に汗を滲ませた木梨が笑顔で言う。

「そうでしょう。やっと買えたんだから」

香織が自慢げにエプロンを両手で引っ張り、女の子の絵を見せつけた。

「これが大人気のチカちゃんですか。なんだかバンクンに似てますね」

主水は呟《つぶや》いた。大きな目に、大きな丸い頭の五歳の女の子。姿かたちこそバンクンとは似ても似つかないが、醸《かも》し出す愛らしい雰囲気《ふんいき》は、ＡＩロボットのバンクンに似ていると言えなくもない。

今日は日曜日なので、バンクンは今頃、支店の片隅の充電スタンドで寂《さび》しく一人ぼっちでいるに違いない。ここへ一緒に連れてくればよかったと、主水は後悔した。

「さあ、お茶にしましょうか。縁側に集まってください」

香りがする。

割烹着《かっぽうぎ》姿の大沢勝子が、ポットとカップを運んできた。かぐわしいコーヒーの

庭の方から、木梨と同じ早明大学の三人の若者がやってくる。彼らは木梨ととともに『子ども食堂』をやろうとしているボランティア仲間だ。

勝子の家の庭は広い。門から玄関にかけて芝生が続き、ツツジの低木やカエデ、モミジの木が植えられている。一番高いのはスズカケの木だ。高さは十メートル以上あるだろう。今はすっかり葉を落としているが、枝先には、鈴に似た茶色の丸い実が幾《いく》つもぶら下がっている。

「塀、直りましたよ」

若者の一人が言った。

「ありがとう。皆さん、お菓子もいっぱいありますからね」

勝子が、縁側にコーヒーのポットとカップを並べる。その傍《そば》には、焼き菓子が山と積まれた菓子盆が添えられている。

「主水さんたちに来ていただいたお陰《かげ》で作業がはかどりました。ありがとうございます」

木梨がハンカチで額の汗を拭《ぬぐ》った。

主水は勝子に頼まれて、香織と美由紀を誘って『子ども食堂』の準備を手伝いにきたのだった。

「庶務行員ですから、お客様のためになることはなんでもやらせていただきます」

主水は焼き菓子を一つ摘《つ》まんだ。サクサクとした歯ごたえに続いて、ほんのりと口中に甘さが広がる。

「クラウドファンディングでの寄付の集まりはどうですか」

焼き菓子を頬張《ほおば》りながら、香織が訊く。銀行からの融資を断念した木梨は、『子ども食堂』の運営を始めるにあたり、必要な資金をクラウドファンディングというインターネット経由の手法で集めようとしているのだ。バンクンの提案である。

「順調です。目標の一〇〇万円まで、もうひと頑張《がんば》りってところです」

答える木梨の声は弾《はず》んでいた。

「私も香織も寄付したんですよ。五〇〇〇円だけですけど」

美由紀がカップをソーサーに戻して言う。

「ありがとうございます。本当に嬉しいです」

木梨は、香織と美由紀に向かって頭を下げた。

「主水さんは、寄付したの？」

香織がいたずらっぽく主水に視線を振った。

「いやぁ、あのぅ、そのぅ……。力仕事で寄付しようかと」

主水は頭を掻《か》く。

「そのお気持ちと力仕事に、感謝していますから」

木梨が主水のカップにコーヒーを注《そそ》ぎながら言った。

期せずして全員から笑いが起きた。

「いやはや、面目《めんぼく》ない。お酒を減らして、寄付をいたします」

主水は顔を赤らめた。

「勝子さん、あの一番高い木はなんという名前ですか」

学生の一人が、勝子に訊く。

「あれはプラタナスよ」

勝子はコーヒーカップを両手で抱くように持ちながら、目を細めた。

「別名スズカケですね」

話題が変わったのでこれ幸いと、主水が割って入った。

「主水さん、よくご存じですね。あの小さな実が鈴に似ているから、そう呼ばれるんです」勝子は、穏《おだ》やかに微笑んだ。「亡くなった主人が好きでね。植えた時には小さかった木が、あんなに大きく育つなんて。あの実を持っていると子どもが幸せになるっていう話を聞いたことがあります。なにせ花言葉は『天才』って言うんだから」

スズカケの木に夫の面影《おもかげ》を見ているのだろうか、勝子は目を細めた。

「あの鈴のような実は、まるでたくさんの子どもが集まって遊んでいるみたいですね。『子ども食堂』にぴったりの木だと思います」

香織が楽しそうに言い、木を見上げた。すると庭の木陰《こかげ》から、一人の男が現われた。

「主水さん、楽しそうだね」

高田署の刑事、木村健だった。

「木村さん、日曜なのに捜査ですか」

主水が驚く。

「ああ、最近、ここら辺りも物騒だからね」

木村が渋い表情で答える。

「木村さん、この間は美味《おい》しいオムライス、ありがとうございました」

香織と美由紀が口を揃《そろ》える。

「おう、あんなもんでよければ、いつでも言ってくれ」

木村は、右手を上げて挨拶《あいさつ》をした。女性二人から声をかけられて、どこか照れ臭そうだ。

「お二人とも、木村さんにご馳走《ちそう》してもらったのですか？」

主水が訊くと、

「そう。とても美味しいオムライス！　主水さん、今度行きましょう！」

香織が弾んだ声で答えた。

「分かりました。必ずご一緒しましょう」

主水は香織に約束すると、木村に向き直った。よく見ると、木村の表情がどことなく硬い。あまりいい話を持ってきたのではないようだった。

「主水さん、ちょっといいかな？」

木村が目配せする。主水は軽く頷《うなず》いて靴を履《は》くと、庭に下り立った。

「久住の件ですか？」

声を潜《ひそ》めて主水が問うと、木村は小さく顎《あご》を引いた。

「ああ。これから言う話は、俺の独り言を耳にしたことにしてくれる？　警察が捜査情報を民間人に漏らしたら、これ、だからね」

木村は手首を重ね合わせ、手錠をかけられる仕草をした。左目でウインクをしてみせるも、どこか無理やりでぎこちない。

「独り言を拝聴《はいちょう》します」

主水は木村と視線を合わせずに言った。

「久住のことを調べた。『りんごハウス』のこともな。久住は代表取締役だが、経歴は皆、嘘《うそ》だ。謄本《とうほん》などで出身地、学校などをみんな洗ったが、どこにもなんの痕跡《こんせき》もない。書類はみんな偽物《にせもの》だ。いったいどこの誰なのか、さっぱりつかめない」

「そうですか……。何も分からないということが、かえって怪しいですね」

「唯一《ゆいいつ》分かったのは、久住の『りんごハウス』が、実は佐藤建設の子会社ではないということだけだ。確かに社長の佐藤が幾らか出資してはいるがな、実態は、佐藤建設の別働隊として活動している。シェアハウスを一括《いっかつ》借り上げして運営するのが主な業務だが、地上げなどにも手を出している。町田との関係も調べたが、株主の中に、それとはっきり分かる人間はいない」

町田とは、広域暴力団天照竜神会の会長である町田一徹のことだ。

「独り言、ありがとうございます」

「もし、町田との関係を疑うとすれば、建設されたシェアハウスに、町田の配下のチンピラが何人か入居していることくらいかな」

「社宅に使っているんですかね」

主水が皮肉《ひにく》っぽく言う。

「ヤクザの社宅か？」木村は笑った。「もう少し調べてみるけど。主水さんも気をつけてくださいよ。なにせ主水さんは放火の犯人と疑われたんだからね」

木村は「じゃあ」と手を振った。「俺は引き続き、目撃者を探しにいくわ」

「目撃者？」

「ああ、この間、この家が放火に遭っただろう。あの時、すぐに通報があった。最初から一部始終《しじゅう》を見ていた人間がいるんだ。まるで放火が行なわれることをあらかじめ知っていたかのようにね」

「なるほど、あらかじめ放火があるのを知っていた？」

「そうだ。通報を受けた消防隊員によると、若い男の声だったらしい」

「それで、聞き込みの成果はありましたか？」

主水の問いに、木村は再びぎこちなく片目をつむり「まずまずだ」と言った。

「感触はいい。今は、防犯カメラの性能もいいからね」

「新しい情報があれば、ぜひ」

主水は小さく頭を下げた。

「分かっていますよ。ところで今日は、何？　若い人が多いけど」

「『子ども食堂』の準備ですよ」

「ああ、恵まれない子どもたちに美味しい食事を提供するボランティアか？」

「ええ、そうです」

主水は、縁側に座る木梨たちのほうを振り向き、まぶしそうに目を細めた。

「こんないいことをする人間もいれば、他人様《ひとさま》の家に放火して回る人間もいる。人間って不思議だな。ところで食堂の開店はいつなの？　俺も食べにこようかな」

木村が真面目《まじめ》な顔で言う。

「子どものための食堂ですよ」

主水は慌てて否定した。

「ははは、冗談だよ。じゃあ、また」

木村は軽く右手を上げて、庭を横切って帰っていった。

ちょうど休憩《きゆうけい》が終わり、木梨たちが食堂の準備を始めるところだった。

「さあ、もうひと働きするか」

主水は自分を励《はげ》ました。リビングに子どもたちが喜ぶような飾りつけを施《ほどこ》さねばならない。

「主水さん、大変、すぐに来て！」

靴を脱いで縁側に上がろうとしたところで、突然、玄関のほうから香織が血相《けっそう》を変えて走り寄ってきた。その慌てぶりからすると、ただごとではなさそうだった。

「どうしましたか？」

「とにかく、来て」

香織は主水の手を摑んで引っ張った。思いのほか強い力に、主水は引きずられていく。

玄関の前には、美由紀、勝子、そして木梨ら大学生が全員集まっていた。そして彼らの視線の先には、見慣れない作業服姿の男が三人。男たちは測量機材や赤いコーンを持ってずかずかと庭に入り込んできて、何やら作業をしていた。

「どうしたのですか？」

主水は、呆然《ぼうぜん》とした様子の木梨に訊ねた。

「この人たちが、いきなり測量を始めたのです。なんでも佐藤建設の人たちで、この土地を買い取ってビルを建てるのだそうです」

木梨は冷静に説明したが、唇《くちびる》が震えている。

心配になって主水が勝子のほうを振り向くと、彼女の顔は青ざめていた。体を震わせ、今にも倒れ込みそうだ。異変に気づいた木梨がいち早く勝子の傍らに歩み寄り、肩を貸して支えている。

「ここにビルを建てる？　いったいどういうことでしょうか？」

「私たちにも訳《わけ》が分からない。何を訊いても『この土地は我が社が買ったんだ』と言って耳を貸さないのよ。主水さん！」

美由紀が興奮して声を上げた。

「なんとかしてよ、主水さん」

香織も必死だ。

主水は二人に向かって大きく頷いてみせると、責任者らしき男に歩み寄った。

「失礼します」

主水は一礼した。

「あなたはなんだね。作業の邪魔だ。どいてくれ」

やや腹が突き出た男は、不貞腐《ふてくさ》れたような顔を主水に見せた。『佐藤建設』と書かれた黄色のヘルメットをかぶっている。

「私、第七明和銀行の庶務行員、多加賀主水と申します。あなた方こそ、ここで何をやっているのですか」

主水は男を鋭《するど》い目で睨みつけた。

「俺たちは会社の命令で、このボロ家を壊してビルを建てるために測量しているのだ。さあ、邪魔だからどいてくれ。邪魔するなら警察を呼ぶぞ。何が第七明和銀行の庶務行員だ。偉《えら》そうにしやがって」

男は主水を睨み返すと、部下に向かって「作業にかかれ」と命じた。

「待ちなさい。この家は、ここにおられる大沢勝子さんが所有している」主水は、木梨に支えられた勝子を指さした。「所有者に断わりなく勝手に測量したり、ビルを建てるなどと言ったり、何事だ」

主水はありったけの怒りを込めて言い放った。

「おかしなことを言うんじゃない。てめぇ、ライバルの回し者か！　この土地も家も我が佐藤建設が買ったんだ。だから取り壊すんだ」

男も引き下がらない。

「大沢さん、この土地と家を佐藤建設に売却したというのは本当ですか？」

主水が訊いた。

「いいえ、なんのことか分かりません」

勝子は震えながら答える。

「この通りだ。真の所有者が売っていないと言うのだから、何かの間違いだ。お引き取り願おう」

主水はよく響く低い声で男を威圧した。

一瞬、男の表情に戸惑いが浮かぶ。しかし男も引き下がらない。

「俺たちは社長の命令で来ているんだ。はいそうですかと帰るわけにはいかない」

男の両脇に、作業の手を止めて二人の部下が集まってきた。三人並んで、眼光鋭く主水を威圧する。

「主水さん、佐藤建設って吉瀬さんの担当先よ」

香織が囁《ささや》く。

「吉瀬君の？」

主水の頭の中に、紘一の動揺した顔が浮かんだ。

——あの久住という人物は、恐ろしい男ではないかと思うのです。あの男に関わり合ったら大変な問題に巻き込まれます。

独身寮のロビーで主水がそう告げた時、紘一は明らかに動揺していた。

「私、この土地も家も売った覚えはありません！　帰ってください！」

勝子が叫んだ。

ふらつく彼女の体を木梨が支え、その周りを学生たちが囲んでいる。

「お引き取りください。真の所有者が売っていないと言っているのを、どうして買えるのですか」

主水は責任者らしき男に迫った。男の顔に焦《あせ》りが浮かぶ。

「いったいどうなってんだ！」

男は、部下に向かって当たり散らした。

「おいおい、何を揉《も》めているんですか」

その時、怒鳴《どな》り声を聞きつけたのだろう、木村刑事が戻ってきて、仲裁《ちゅうさい》に入った。

「木村さん、ありがたい。ちょっと聞いてくださいませんか」

主水は安堵《あんど》の表情を浮かべ、口調を和《やわ》らげた。

「あんた、誰なんだ」

男が居丈高《いたけだか》な態度で、木村に食って掛かる。

「おい、口の利《き》き方に気をつけろや。高田署の者だ」

木村が男に警察手帳を見せると、男は急におらしくなった。

「あっ、高田署の刑事さんでしたか。申し訳ありません。いつもお世話になっています」

男が腰を折った。頭に手をやり、作り笑いをする。

「お前を世話したつもりはないけどな。いったい何を揉めているんだ」

「聞いてください。刑事さん、私たちは佐藤建設の者ですが、この家の土地、建物を購入したので、ビルを建てる計画があり、測量に来ているんです。それをこいつらが」男は主水を指さす。「土地も建物も売っていないといちゃもんをつけるんです。このおばはんが真正な所有者だと嘘までつくんです」

男は、まるで救世主か何かのように両手を合わせて木村を拝《おが》んだ。

「嘘をついているのはどっちなんですか！」

香織が木村の背後から怒りの声を発する。木村は男をじろりと睨んだ。

「佐藤建設か……。あまり評判、良くないな」

木村がぽつりと呟く。

「勘弁《かんべん》してくださいよ」

男が卑屈《ひくつ》な笑いを浮かべて頭を掻いた。

「こちらにいる女性は、この土地の所有者である大沢勝子さんに間違いない」木村は勝子を見た。「そのご本人が土地も建物も売っていないとおっしゃっているんだから、売っていないんだろう。お前ら、騙《だま》されたんと違うか？」

木村が男に顔を近づけた。もう少しで男の顔に木村の唇が触れそうなくらいにまで迫る。

「えっ、騙された！　まさか」

男は慌てて身を引き、啞然《あぜん》となった。

「実は、この家は最近、放火の憂《う》き目《め》に遭った。まさかお前らがこの家と土地欲しさに放火したんじゃないだろうな！」

木村はなおも顔を男にぐいっと近づけ、地面が揺れるほどの大声で男を怒鳴りつける。

「勘弁してくださいよ」男は、泣きそうな顔で言った。部下たちを振り向き「おい、引き上げるぞ。社長に相談だ」と指示する。

男たちは機材をまとめ、逃げるように立ち去った。

「木村さん、ありがとうございます。かっこいい」

固唾《かたず》を呑《の》んで見守っていた香織と美由紀が、木村の傍に近づく。

「まあ、この場は収めたけど、なあ主水さん……」

木村は主水を見つめた。

「なにか途轍《とてつ》もないことが、この町に起きていますね」

主水は静かに首肯《しゅこう》した。

「いったい、なにがどうしたのですか」

ようやく木梨の支えなしに立ち上がった勝子が、不安げな目で主水を見上げた。

「大丈夫ですよ。大沢さん」

主水は言った。

ふいに、主水の目の前に、高田町稲荷神社の赤い鳥居《とりい》が鮮やかに見えたような気がした。

「正しい者を高田町稲荷神社は守ってくれますからね」

主水の言葉に、勝子はこくりと頷いた。

3

高田通り支店に向かう紘一の足は、鉛《なまり》のように重かった。

いわゆるブルーマンデー――月曜病ではない。いったい何が起き、何に巻き込まれてしまったのか、自分自身でも整理がついていないのだ。頭の芯《しん》がうずくようで、重くて仕方がない。どうしたらいいのだろうか。

昨日の佐藤建設での出来事が、否応《いやおう》なしに思い出された。

＊

紘一が佐藤社長とともに待っていると、久住が見たこともない老女を連れて会議室に入ってきた。老女の隣には、きちんとしたスーツ姿の男が付き添っている。

疑問が頭をもたげた。この老女は大沢勝子ではない……。親戚《しんせき》の人なのだろうか。勝子は後から来るのだろうか？

しかし、久住から「一言も言葉を発するな」ときつく申し渡されているため、紘一は何も言わないでいた。

「いやぁ、お忙しいところ、わざわざすみません」

佐藤が満面の笑みで老女と男を迎え入れた。テーブルを挟んで向かい側の椅子に座るように勧《すす》める。

「それじゃ取引を始めるので、うちの司法書士の先生を呼んでくれ」

佐藤に命じられて部屋を出た久住は、しばらくして、佐藤建設お抱えの司法書士を連れて戻ってきた。紘一も会ったことがある、田原英彦《たはらひでひこ》という男である。

「それでは早速《さっそく》始めましょうか。時間もありませんから」

佐藤が言う。

全員がテーブルについた。佐藤の両脇を久住、司法書士の田原が固める。紘一は、久住の隣だ。

まず久住と田原がそれぞれ自己紹介をした。続いて紘一が口を開こうとすると、久住が紘一の膝《ひざ》を叩いた。

はっとして振り向くと、久住は恐ろしい顔で紘一を睨んでいた。一言も口をきくなと言ったではないか——そう無言で圧力をかけてきていたのだ。

「こちらは吉瀬紘一さん。第七明和銀行の、我が社の担当さんです。本日の取引の立ち会い人としてご足労願いました。銀行さんがいると安心ですからな」

佐藤がにこやかに紹介する。紘一は硬い表情のまま、無言で頭を下げた。

老女と男が紘一に頭を下げる。

「私は」男が口を開く。「司法書士の北川有人《きたがわありと》と申します」

久住が北川の差し出した名刺を受け取って確認すると、佐藤に渡した。

「よろしくお願いします」

佐藤が北川に軽く会釈《えしゃく》する。

「本日の取引に関係させていただき、有難《ありがた》く感謝しております。さて、こちらが大沢勝子さんです。ご紹介します」

北川が隣に座る老女を勝子だと紹介した。

老女は、どこか上《うわ》の空《そら》のような表情だ。目の焦点《しょうてん》が定まっていない。無言で頭を下げる。

紘一は、思わず声を発しそうになった。

この人は、大沢勝子ではない！

しかし、隣に座る久住が再び膝頭《ひざがしら》を叩く。紘一は、はっとして言葉を飲み込んだ。

担当でもない大沢勝子の顔を、それほど見知っているわけではない。しかし最近、早明大学の木梨と一緒にいるところに出くわしたばかりだ。少なくとも勝子は、目の前にいる老女のように精気のない表情はしていなかった。潑溂《はつらつ》としていたはずだ。年齢は知らないが、勝子はもっと若かった印象さえある。断じてこの女性ではない。いったいどうなっているんだ。

紘一は老女をまじまじと見つめた。

いや、勝子はどこか体調が悪くて、こんな雰囲気なのかもしれない。老女は、淡《あわ》いブラウンのストレートパンツ、緑のニットのセーター、そして高級そうなグレーのカーディガンを羽織《はお》っている。

服装自体は決して崩れた雰囲気ではない。ただ表情に精気がないだけだ。

「大沢勝子さんのパスポートです。写真がありますから、確認してください」

久住が北川から赤いパスポートを受け取り、佐藤に渡す。佐藤はパスポートの写真と目の前にいる勝子を見比べ、何度か頷いた。

「よろしいでしょう」

佐藤の声を聞きながら、紘一は動揺を通り越して混乱していた。パスポートの写真で目の前にいる老女が大沢勝子であると、佐藤が確認した。

ええっ、この老女が大沢勝子！　では俺が知っている大沢勝子は、大沢勝子ではないのか！

どういうことだ！

紘一は悲鳴を上げ、この場から立ち去りたいと思った。

三度《みたび》、久住が紘一の膝を叩いた。

「土地建物の権利書です」「土地建物の謄本《とうほん》です」「印鑑証明書です」北川は次々と不動産取引に関わる書類を提示する。久住が受け取り、点検すると、続いてお抱え司法書士の田原に渡す。

田原は念入りにそれらを確認する。そして「いいでしょう」と言い、佐藤に視線を送り、頷く。

「それでは売買契約書を交わしましょう」

久住が書類をテーブルに置いた。

「残金は、契約終了後、直《ただ》ちに払い込んでいただけますね」

北川が契約書を舐《な》めるように見ながら念を押す。

「半金の六億円は既《すで》に入金済みですが、確認していただいておりますね」

久住が言った。

「確認しております」

北川は、書類入れから通帳を出した。第七明和銀行の通帳ではない。ライバルの四井住倉銀行のものだ。

北川が開いた通帳のページを、紘一は目を凝《こ》らして覗《のぞ》き込んだ。確かに、六億円の数字が見える。

「では売買契約書に署名捺印《しょめいなついん》しましょう」

佐藤がテーブルに置いた二通の契約書にサインをし、自《みずか》ら押印《おういん》した。それらをテーブルの上に滑《すべ》らし、北川に渡す。

北川はそれらを老女に見せ、ここに署名するようにと指で示す。

老女は無言でその部分に「大沢勝子」と書いた。

そして北川の持っていた書類入れの中から印鑑を取り出すと、おもむろに押印した。

お互いが契約書を一通ずつ分け合った。

「久住社長、小切手を出してください」

佐藤が促《うなが》すと、久住が書類入れの中から銀行保証小切手六億円を出した。

「どうぞ、お収めください」

紘一は金額の大きさに驚いた。

小切手を受け取った北川は、隣の老女に「これでよろしいですね」と囁いた。

老女は無言で頷いた。

北川は、小切手を書類入れにしまい込んだ。

「これで無事、契約終了です。すぐに整地を始めます。ビルの建設資金は、第七明和銀行がついていますから、大船に乗った気持ちでいます」

佐藤は契約書を見ながら、満足そうな笑みを浮かべた。

老女と北川司法書士が部屋から出ていった。

老女は、結局、一言も言葉を発しなかった。

「あの人、本当に大沢勝子さんですか」

二人が出ていった後、紘一は我慢できずに佐藤と久住に確認した。

思いのほか、息が荒くなる。

佐藤は久住と顔を見合わせ「何を馬鹿げたことを」と苦笑した。

「先ほどの女性、私の知っている大沢さんと違うような……」

紘一はなおも食い下がろうとしたが、呆《あき》れたような佐藤と久住の顔を見て勢いを失い、次第に声が小さくなる。

「パスポートや印鑑証明書などで確認したでしょう？　それに、ほら」佐藤は権利書をひらひらと掲《かか》げてみせた。「これもこちらにあります」

「そうですか……でも……」

紘一はどうしても納得できなかった。

「今日はありがとうございました」紘一の次の言葉を遮《さえぎ》るように、久住が口を挟んだ。

「吉瀬さんのお陰で信用が補完され、取引がスムーズにいきました。ありがとうございます」

佐藤も満面の笑みで紘一の手を握《にぎ》った。

「購入資金は自己資金で賄《まかな》いましたが、ビルを建てる時の資金は頼みましたよ」

「は、はい。分かりました」

紘一は頷かずにいられなかった。

＊

支店の前では、庶務行員の多加賀主水が開店準備のため掃除《そうじ》をしていた。

紘一の憂鬱《ゆううつ》はさらに深まった。今、主水は最も顔を合わせたくない相手だった。

しかし、既に主水は紘一に顔を向けていた。紘一は頭を下げ、聞こえないほどの小さな声で「おはようございます」と口走る。

主水が箒《ほうき》と塵取《ちりと》りを手に近づいてきた。

「おはようございます」

主水がはきはきとした声で言う。

「おはようございます」

紘一は仕方なく、二度目の挨拶をした。

「吉瀬さん、ちょっとお耳に入れておきたいことがあるんです」

主水の言葉に、紘一の顔が強張る。

「なんですか？」

「実は昨日、吉瀬さんのご担当先の佐藤建設さんと、ちょっとしたトラブルがあったんです」

「トラブル？」

紘一の心臓が音を立てて鼓動《こどう》を速めた。

「大沢勝子さんのご自宅に突然、佐藤建設の社員が来ましてね。ここは自分たちが購入したと言って、ビルを建てるために測量しようとしたんです」

「えっ」

紘一は、動揺を見抜かれないように顔をわずかに伏《ふ》せた。

「その場に大沢さんがおられて、私は土地も建物も売った覚えはありませんとおっしゃったのです。そりゃ売りませんよ。吉瀬さんもご存じの通り、早明大学の木梨さんたちと、ご自宅を開放して『子ども食堂』をやろうと準備されているところですからね。ちょうどその時、私や生野さんも手伝いにいっていたんです」

「大沢さんが、昨日、主水さんたちと一緒におられたのですか？　それは何時ごろのことですか？」

途端《とたん》に、紘一の顔から血の気が引いていく。

「午後二時頃だったでしょうか」

「そ、そうですか？」

紘一は一瞬、心臓が止まったかと思った。それほど苦しかった。

午後二時といえば、まさに佐藤建設の会議室で、大沢勝子と土地建物の売買契約をしている最中だったではないか。

大沢勝子は、自宅で主水たちと一緒にいた。

同じ時間帯に、大沢勝子は、佐藤建設で土地建物の売買契約をした。

いったいどっちが本物なのだ。

「どうしましたか？　顔色が悪いですよ」

「いえ、大丈夫です。何でもありません」

心配そうに顔を覗き込んでくる主水を振り払い、紘一は足早に行員通用口に向かった。

「今日、そんなわけで佐藤建設が来るかもしれませんよ。もしよければ私、同席しますから」

主水が紘一の背中に話しかける。

紘一は、それに答えることなく、支店に入った。

「おはようございマス」

ロビーにはバンクンがいた。紘一の姿を認め、近寄ってくる。

「今日も一日、ガンバりましょう」

バンクンが笑顔を見せてくれた気がした。

「バンクン、ちょっといいかな?」

紘一はバンクンに耳打ちした。彼に話を聞いてもらいたくて仕方がなくなったのだ。

「ハイ、なんでもお聞きクダサイ」

「あのさぁ、不動産取引で権利書もあって、印鑑証明書もあって、パスポートで本人も確認できて、それでも偽物ってことがあるの?」

紘一は、バンクンを真剣な表情で見つめた。

「ありマス」

バンクンは毅然《きぜん》と言った。

「えっ、どういうこと?」

「それは地面師といいマス。彼らは、どんな書類も偽造《ぎぞう》しマス。権利書、印鑑証明書、銀行口座ナド。そして売り主、司法書士、偽弁護士まで連れてきマス。最近、増えている犯罪デス」

バンクンの目が危険を知らせるように赤く光る。紘一は、その場に崩れ落ちそうになるのを必死で耐えた。

「地面師……。佐藤社長は騙されたのだろうか」

紘一は、「一言も言葉を発するな」と強く迫った久住の態度が気になって仕方がなかった。

「俺は、いったい何をしているんだ」

紘一は両手で頭を抱えた。

「だいじょうぶデスカ」

バンクンが心配そうに言葉をかけてくれるが、紘一の耳には届いていなかった。

第六章　主水、ぶっ飛ばす

1

——もう死んでしまいたい。

紘一は、どうしていいか分からず、ぬかるみに足を取られているかのようにふらふらと歩いていた。その重く引きずるような足取りは、すれ違う人の目には、まるでゾンビのように映ることだろう。

今日、佐藤建設の佐藤社長が、支店長を名指しで怒鳴りこみにくるのだ。あの社長はせっかちだから、開店前のこの時間に、もうすでに支店に到着していてもおかしくはない。

——おい、吉瀬君、どういうことだね。いい加減にしないと、許さねぇぞ。

昨夜、紘一の携帯電話に突然、ドスの利《き》いた佐藤社長の声が飛び込んできたのである。

――どうしたんですか。

いったい何に対して怒っているのか分からず、慌《あわ》てた紘一が問い返すと、佐藤社長はまくし立てた。

――大沢勝子の土地建物は、あんたの目の前で売買《ばいばい》が成立したんだぜ。それ、承知だよな。

――はい、その場におりました。

紘一は見えない相手に向かって必死で頷《うなず》く。

――だったらなぜ、俺のところの社員が測量に行ったら、てめぇのところの庶《しょ》務《む》なんとか……。

――庶務行員ですか？　多加賀主水？

――そう、そいつだ。そんな野郎が出張《でば》ってきて邪魔しやがった。今日、支店長に会って文句言うから、覚悟していやがれ。俺は、すでに一二億円を支払っているんだからな。賠償《ばいしょう》しろ！

そこで電話は一方的に切れた。

一二億円！　賠償！　なんやそれ！

紘一は気を失いそうになった。

昨日、主水が言っていた「トラブル」が現実になったのだ。

どうにかこうにか支店の前まで辿《たど》り着くと、今日もまた、主水は何事もなかったかのように道端を掃除《そうじ》しながら、紘一に目を向けた。この男は毎日、何があろうと平静を保っている。それが紘一にとっては驚きであり、脅威《きょうい》だった。

「おはようございます」

主水がにこやかに挨拶《あいさつ》をしてきた。

「おはようございます」と返す紘一の顔に憂鬱《ゆううつ》を見て取ったのか、主水が小声で「来てますよ」と言う。

「誰が？」

おそるおそる紘一が訊《き》くと、

「佐藤建設の佐藤社長と久住ですよ」

と予想通りの答えが返ってきた。

「本当ですか」

紘一は表向き驚く様子を見せたものの、主水の鋭《するど》い目つきにはすべて見透《みす》かされているような気がした。

「日曜日のトラブルの件でしょう。しっかりしてくださいね。お力になれるかもしれませんから、いつでもご相談ください」

「はい」

紘一は深くうなだれた。支店の雑務をこなす庶務行員に助けてもらえるほど、事態は容易《ようい》ではない。しかし主水の心遣いが嬉《うれ》しくて、紘一は思わず涙ぐみそうになってしまった。

支店に入ると、驚いたことに古谷支店長、木津《きづ》副支店長、堀本課長の名札が「出勤」になっている。なんと一番遅く来たのは紘一だったのだ。その瞬間に、紘一は恐ろしさから逃げ出したくなった。

「吉瀬、遅いぞ」

堀本課長がロビーに立って睨《にら》んでいる。

「す、すみません。知らなかったものですから」

「知らなかっただと？　佐藤社長は昨夜《ゆうべ》電話したって言っていたぞ」

「ええ、電話はかかってきましたが、まさかこんな早朝にご来店されるとは聞いていなかったものですから」

紘一は言い訳じみていないか気にしつつ、謝罪した。

「分かった。言い訳は後で聞く。すぐに支店長室へ来るんだ」

堀本はそれだけ伝えると、身を翻《ひるがえ》して階段を駆け上がっていった。支店長室は二階にある。

紘一は自席に鞄《かばん》を置くと、支店長室に向かった。『死刑台のエレベーター』という映画があったが、まさにそんな気分だ。

支店長室のドアをノックすると、

「入りなさい」

と木津副支店長の声が返ってきた。

ドアを開けると、中にいる人たちの視線が一斉《いっせい》に紘一に集中した。特に佐藤社長の視線は鋭く、痛いほどに突き刺さる。今まで見たことのない、強い憎しみに溢《あふ》れた目だ。

紘一は堀本課長の隣に座った。目の前には『りんごハウス』社長の久住が座っている。彼は、佐藤のように怒りのオーラを発散してはいない。いつも通りといってもいいのだろうか、平静を保っている。紘一を睨む様子もない。しかし、それがかえって恐ろしさを倍加させていた。久住が何を考えているのか、読めなかった。不意に、主水の言葉——あの久住という人物は、恐ろしい男ではないかと思うのです——が思い浮かぶ。

「吉瀬君、君は日曜日にもかかわらず、佐藤建設様の不動産取引の場に立ち会ったそうだね。説明してください」

古谷支店長が口を開いた。口調はあくまで穏《おだ》やかだが、詰問《きつもん》には違いない。

「はい。立ち会いました。佐藤社長から頼まれたものですから」

消え入りそうな声で答える。

「なぜひと言、俺に連絡しなかったんだ。馬鹿野郎！」

堀本が激昂《げっこう》した。

「すみません。急なご依頼だったものですから」

「堀本課長、怒鳴らないように。お客様の前です」

古谷がたしなめる。

「分かりました。本当に馬鹿な奴だ」

堀本が不貞腐《ふてくさ》れたように紘一から顔を背《そむ》け、呟《つぶや》く。

「急に頼んだわけじゃない。前からこの取引のことは話していましたよ。それがまとまることになったから来てもらったんだ」

佐藤が反論する。

紘一は驚いた。

「えっ、急に頼まれた……」

力なく呟く。

「急だろうと何だろうと、関係ありません。銀行員が、不動産取引の場に立ち会えば、信用を補完したように思われます」

古谷が紘一を遮《さえぎ》って言う。

「私はね、大沢勝子さんの所有する土地をぜひとも手に入れたいと考えていた。そこへ折よく、ご本人が売ると言ってきた。そこで取引にあたって、大沢さんのことをよく知っている吉瀬さんに来てもらったのです。私だって騙《だま》されたくはないからね。まあ、まだ騙されたってわけじゃないけど。取引当日、大沢さんご本人がやってきた。私は、何度も、本当の大沢さんですかって吉瀬さんに確認しましたよ。そうしたら大丈夫だって……。ねえ、久住さん」

「ええ、吉瀬さんが大丈夫だとおっしゃったので、取引を進めました。まさかこんなトラブルに巻き込まれるとは思いませんでした」

久住は無表情に答える。その目は、紘一を見据《みす》えている。

紘一は、何が何だか分からなくなった。

取引の最中に、一言も言葉を発するなと注意したではないか。紘一は、取引現場に現われた人物が偽《にせ》の大沢勝子ではないかと疑問を抱き、それを言葉にしようと思ったが、何も言うなと無言で圧力をかけてきたのは久住たちのほうではないか。

「ねえ、支店長。もし私たちが騙されたということになれば、私が支払った一二億円を弁償《べんしょう》してくれますね。私は、第七明和銀行の行員さんを信用して取引をしたんですからね。ねえ……」

佐藤特有の、声こそ荒らげないが、粘《ねば》っこく、絡《から》みつくような言い方だった。

「それはなんとも……ここでは申し上げようがないですね」

古谷は表情を歪《ゆが》めた。

一二億円もの巨額を賠償しろと言われて、分かりましたと言えるわけがない。

「だめなんですか。もし今回の取引が無効になったら、私のところは大損ですよ。倒産するかもしれない。いいんですか。銀行の責任はないんですか。吉瀬さんを……銀行を訴えますよ」

佐藤が口調を厳しいものに変えた。

「訴える」と言われた瞬間、紘一は卒倒《そっとう》しそうになった。目の前が真っ暗になる。

「ちょっと社長、そこまで言わなくてもいいではないですか。いい関係を築いてきたんですから」

堀本が、にやにやと媚《こ》びるような笑みを浮かべる。

木津が立ち上がった。

「木津君、どこへ？」

古谷が不審げに見上げる。

「朝礼がありますから。私が取り仕切っておきます」

「あっ、そうですね。ではよろしくお願いします」

古谷は、眉根《まゆね》を寄せた。上手《うま》く逃げやがったなという悔しさを滲《にじ》ませている。

「そうですな。高田通り支店さんとは、上手くやってきました。だけど今回ばかりはね。なにせ一二億円ですからね」

佐藤は、何か思惑《おもわく》ありげな表情で古谷を見ている。

「吉瀬君、君の軽率《けいそつ》な行動が、今回の事態を招いたんだ。責任は君にあるよ。もし訴訟になったら、どうするんだね」

古谷が紘一を責《せ》めた。

「支店長、まだ騙されたと決まったわけではありません。よしんば騙されたとしても、本物の大沢勝子さんが、土地の売却に同意してくだされぱいいんですから。そのように取り計らってください。上手くいけば、訴訟などということは申し上げません」

あくまでも事務的な口調で、久住が言う。

「分かりました。大沢さんとの交渉はお任せください」堀本が勢い込んで言った。「おい、吉瀬、頭を下げるんだ。お前もお願いしろ」

紘一は、堀本の手で無理やり頭を下げさせられた。

「よろしくお願いします」

紘一は声を絞《しぼ》り出した。

これからどうなるのか。一二億円もの賠償金など、一生かかっても払えるわけがない。

――誰か、誰か、助けてくれ。

紘一は心の中で、誰にも届くはずのない悲痛な叫び声を上げた。

2

紘一が招いたトラブルの噂《うわさ》は、たちまち支店内に広まった。

――二億円の賠償金だってさ。どうするんだろう。

――あいつ、詐欺師《さぎし》の手先になったのか。

――二億円なんて払えるわけがないじゃんね……。

紘一とすれ違う行員たちは、腫《は》れものに触るかのように警戒心を露《あら》わにした。

紘一に近づいたり、同情したりすれば、賠償金の一部を負担しなければならないとでも思っているのだろうか。

しかし、紘一に同情を寄せている者もいたのである。

主水と生野香織、それに事務課長の難波俊樹だ。

昼食時、食堂に三人が集まった。

「吉瀬さん、大変みたい」

香織が心配そうに言った。

「そのようですね」主水が頷いた。「私たちが大沢さんの家で『子ども食堂』の準備をしている時に佐藤建設の社員が測量を始めたので、ちょっとしたトラブルになりましたが、それが原因のようですね」

「地面師とやらに、さすがの佐藤建設も騙されたんですかね。ちょっといい気味です」

難波が、歯の間に挟《はさ》まったうどんの切れ端を楊枝《ようじ》で取り出し、ひとしきり眺《なが》めた後、ぱくりと食べた。

「課長、不潔！」

香織が顔をしかめる。

「何が不潔ですか？　食べかすも食べ物です。無駄にはできません」

難波は胸を張った。

「だいたいですね。食べ終わったら直《す》ぐに楊枝で歯の間をせせって、その後、お茶でうがいしてゴクリなんて、老人みたいです」

なおも香織が非難する。

「老人みたいだなんて、ご高齢の方が聞いたら怒りますよ。何が不潔ですか。ではお望み通り」

難波は、湯のみを手に取り、茶を口に含むと、これ見よがしにぐちゅぐちゅと口中をゆすぎ始める。

「ああっ！　止《や》めてください」

香織が耳をふさいだ。

「あのう、二人ともいい加減にしてくれませんか。今は、吉瀬さんの問題について考えましょう」

主水が二人をたしなめる。

「すみません」

香織と難波が同時に頭を掻《か》いた。

「どうも気になることがあるんです」

主水が深刻な表情で切り出した。

「気になることって、何ですか」

香織も再び真剣な面持《おもも》ちになって訊く。

「これを見てください」

主水がポケットからスマートフォンを取り出し、画面に高田町周辺の地図を映し出した。

香織と難波が覗《のぞ》きこむ。

「ここが今回、問題になっている大沢勝子さんのお宅です」

「そうですね」

主水が指さす箇所《かしょ》を見て、難波が頷く。

「そしてここが壱岐隆さんのお宅、ここが八雲新次郎さんのお宅です」

「共に放火のあった家ですね」

香織が補足した。

「何か気がつきませんか」

主水が答えを促《うなが》すように二人の顔を見る。

「うう？　ええええん」

その時、難波が咳《せ》きこんだ。

「ねえ、課長、その喉《のど》を絞るような咳、止めてくれませんか」

香織がまたぞろ顔をしかめる。

「どうも先ほど食べたエビ天の尻尾《しっぽ》が、喉に引っかかっているようなのですよ。

ええええん」

「ああ、もう嫌！」

「あのう、いい加減にしましょうよ」

主水が不愉快を露わにして眉根を寄せた。

「高田町三丁目の四隅《よすみ》のうち、三つの隅ですね」

ふと気がついたように、香織が言った。

「この二つの土地は、地元の人の噂によると、佐藤建設が購入したと言われています。登記はまだのようですが」

「本当ですか」

耳ざとい香織も知らなかったようで、驚きに目を見開いた。

「放火されたので持ち主が手放したのですな」

難波が納得したように腕を組んだ。

「そのようです。そしてここ」

主水が残る一つの隅を指さした。

「駐車場ですね」

香織が主水の顔を見上げる。

「この駐車場は、佐藤建設の所有になっています」

主水が二人を交互に見つめ、小さく頷く。香織と難波は顔を見合わせた。

「ということは……」

二人が声を合わせる。

「そうです。大沢さんのお宅の土地が手に入れば、四隅を押さえることになります。かなり広いエリアですが、四隅を押さえれば、後はその内側に数軒の家があるだけです」

「地上げ？」

難波がひとりごとのように呟いた。

「大沢さんのお宅を手に入れられれば、高田町三丁目の広大な土地を、佐藤建設が手に入れたも同然というわけです」

「だから大沢さんの土地を買おうとした」

香織が主水の言葉を引き継いだ。

「そうした佐藤建設の意図を見抜いて地面師が暗躍《あんやく》したのですね」

難波の表情も険《けわ》しい。

「でも、騙された……」

香織がぽつりと言った。

「今回のトラブルが発覚したのは、皆さんが偶然『子ども食堂』の準備をされていたからですよね。もし主水さんたちが居合わせてなかったら、大沢さんの土地は勝手に測量され、登記され、大沢さんの知らないところで所有権が移転されていたかもしれませんよ」

難波が得意げに言った。

「でも失敗した。それで損害賠償だと怒っているわけですね」

香織の声は怒気を帯びていた。

「大沢さんのお宅もそうですが、壱岐さんや八雲さんのお宅も同時期に放火されていますね。この放火と佐藤建設の関係は、臭いますね」

難波が怪訝《けげん》そうに言った。

「臭うのは、課長の加齢臭でしょう?」

香織がからかう。

「ああ」難波が香織を指差した。「それってハラスメントですよ。加齢ハラです」

「もう止めなさい」

堪《たま》りかねた主水が怒った。

「はい、すみません……」

二人が揃《そろ》って頭を下げる。

「難波課長のお考え通りです。全てのきっかけは放火にあります。それも高田町稲荷《いなり》の狐《きつね》の祟《たた》りを騙《かた》った……」

主水が怒りを押し殺しながら言った。

「怪しいわね。全て佐藤建設の仕業《しわざ》ってことじゃないですか。結果的に一番得をしているのが犯人っていいますから。動機、ありあり」

香織が眉をひそめた。

「今回の事件は高田町の地上げに伴《ともな》うものと考えて間違いはないでしょう」

主水が渋い表情で告げた。

「でも、まだ大沢さんの土地の買収が上手くいっていないわけでしょう？」難波が首を傾《かし》げた。「大沢さんご本人は売却していないわけだから。佐藤建設も、騙された可能性を認識しながら、強引に所有権の移転などはできないはずですからね。聞いたところによりますと、大沢さんが土地を売るように仕向ける責任を銀行が持たされたみたいで、堀本課長が約束させられたのだとか」

「まだまだ騒ぎは続くってことですね。その渦中《かちゅう》に吉瀬さんがいるんですね」

香織が同情する。

「あっ、いけませんね。もうこんな時間です。昼休みは終わりです」

難波がトレイを手に立ち上がった。

「ねえ、香織さん」主水の目が鋭くなった。「困ったことがあったら高田町稲荷神社にお願いするようにって、吉瀬さんに伝えてくださいますか」

「分かりました。必ず伝えます。主水さん、怪しい奴はやっつけましょう。高田町稲荷の名にかけて」

香織が拳《こぶし》を握《にぎ》り、ガッツポーズをする。

「私も何かやりましょうか」

「難波課長は、支店をお守りください。余人をもって代えがたいですから」

主水が真面目《まじめ》な顔で言うと、難波は気分よさそうに「お任せください」と胸を張った。

食堂を出て、三人はそれぞれの持ち場に戻る。

主水は、ロビーで客の案内をしているバンクンに歩み寄った。

ＡＩロボットのバンクンは、昼食もとらずに働き続けている。この点においても、人間より優《すぐ》れていると言う人はいるのだろう。

「ねえ、バンクン」

「なんでしょうか？」

「いわゆる地面師が起こした事件について、何か面白い情報はないかな」

「ちょっと待ってクダサイ」

バンクンの目が緑色の点滅を始めた。

インターネット上の膨大《ぼうだい》なデータを探り始めたのだ。バンクンはインターネットを介して日本中、いや世界中のデータから最適のものを見つけ出すことができる。人間には、そんな芸当はできない。もはや人間以上の存在である。「これからの人間はAIと共存していかなければならない」などと専門家はしたり顔で言うが、バンクンを見ていると、AIに支配されないように対策を練る必要があると思えてならない。もはや無理なことかもしれないが……。AIがどんどん自ら学習を積み重ねていくとしたら、いったいどこまで進歩するのだろうか。

主水は、バンクンがいつまでも愛らしい存在のままでいてほしいと切に願いながら、答えを待った。

「オモシロい事件が見つかりマシタ」

バンクンが、自分の胸のパネルを指さした。

主水は体をかがめて、そのパネルを見つめる。しかし細かな文字がびっしり連なっていて、主水の頭が読むのを拒否した。

「読むのが面倒だから、説明してくれるかな」

主水は思わず、両手を合わせて頼みこんでいた。

読むのが面倒？　これでは確実にＡＩに支配されている状態といえないか。我ながら情けない。

「通常、地面師は、所有者が不在であるとか放置された土地を狙って所有者になりすまし、詐欺的な売買をしマス。しかし地面師と売買の相手方が組んでダマされたことにして、詐取《さしゅ》された金額を損失計上して脱税を図《はか》ったり、裏金にしたりするケースがありマス」

バンクンが説明してくれた。

「なるほどね。悪智恵が働く奴が多いなぁ」

地面師に騙し取られた土地代金を損金扱いにして税金を逃れたり、裏金にしたりする――つまり地面師を利用する悪い奴がいるのだ。

佐藤建設と地面師がグルだとすると、大沢勝子の土地が取得できなかった場合でも、損をすることはない。

「保険をかけたのか」

主水は、佐藤と久住の悪だくみに心底腹を立てた。

一方で、佐藤は大沢の土地売却交渉を、銀行に押しつけたようだ。

彼らはまだまだ土地取得を諦《あきら》めていない。ということは……。

「バンクン、もう一つ質問していいかな」

「ハイ。どうぞ」

「高田町に放火の起きる可能性は何パーセントかな？　連続放火犯は、ここんところ鳴りを潜《ひそ》めているけど」

「一〇〇％デス。犯人逮捕まで続きマス」

バンクンは躊躇《ちゅうちょ》なく答えた。

3

「大沢さん、お願いします。この土地を佐藤建設に売却してくださいませんか」

紘一の隣で、堀本は畳に額《ひたい》を擦《こす》りつけた。紘一はそれを呆然《ぼうぜん》とした顔で、心ここにあらずといった雰囲気でただ見下ろす。

「売却はしません」

勝子は断固として言い放った。

「困るんです」

堀本は泣き落としにかかる。「おい、吉瀬、お前も頭を下げろ。一二億円の賠償金を取られていいのか」

堀本が小声で言って、紘一の頭を押さえ込んだ。紘一も額を畳にこすりつける。

「一二億円ってなんのことですか？」

勝子が堀本の呟きを聞きとがめた。

「佐藤建設が、地面師と呼ばれる詐欺師に騙し取られた土地代金です。この土地を売却しようとしていた詐欺師に騙されたのです」

「あら、いい気味だわ」

勝子は勝ち気に笑った。

「でも、そのせいでこの吉瀬が、一二億円もの賠償金を背負うことになるんです」

堀本の言葉に、たちまち大沢の顔が曇《くも》る。その目は紘一に注《そそ》がれた。

「なんてことなの？　本当なの？」

勝子が心配そうに紘一に訊いた。

「はい。そのようです」

紘一は、事の経緯《けいい》を簡単に説明し、「申し訳ありません」と頭を下げた。

「可哀想《かわいそう》ね。あなたも被害者なのね」

勝子の顔がいっそう曇る。

「お願いします。どうかお願いします」

堀本が再び畳に頭を擦りつけた。

「でも、ここで『子ども食堂』をやるつもりでね。準備を進めているのよね」

勝子の眉間《みけん》の皺《しわ》が深くなった。

勝子は紘一に深く同情していた。騙された結果とはいえ、目の前にいる若者が巨額の責任を負わされることに対して心痛を感じずにはいられなかったのである。

「『子ども食堂』……」

ふと呟いた紘一の脳裏《のうり》に、一緒にコンビニでカップラーメンを食べたコウイチの嬉しそうな顔が浮かんだ。

「大沢さん」

紘一は顔を上げ、勝子を見つめた。

「何かしら？」

優しげな顔で、勝子は紘一を見つめ返した。

「この土地は絶対に売らないでください。『子ども食堂』を作ってください。お願いします」

紘一は頭を下げた。

「おい、おい、何を言ってるんだ。お前、一二億円だぞ。お前だけじゃない。銀行にも迷惑がかかるんだ」

堀本が慌《あわ》てて声を荒らげる。

「大沢さん、『子ども食堂』を作ってください。絶対です」

紘一は堀本を無視し、熱に浮かされるように声を励ました。

その様子を見て、勝子はかえって不安になった。この若者は、自殺を考えているのではないだろうか——と不吉《ふきつ》な考えが頭をよぎったのである。

4

佐藤と久住は、佐藤建設の社長室でシャンパンを傾《かたむ》けていた。

「上手くいきましたな」

薄ら笑いを浮かべた佐藤が、シャンパンを美味《おい》しそうに嚥下《えんげ》する。

「とりあえずは……。でも、まだ終わってはいません」

久住の顔に喜びはない。

「地面師と組んで脱税を図るなんて悪智恵は思い浮かびませんでしたよ。ここんところの不動産ブームでシェアハウス事業が好調で、利益が出過ぎて困っていたんです」

「まだあの土地が購入できていません。無理やり所有権登記を変えてしまう方法もないでもないですが……」

「どうするんです」

佐藤はシャンパンを舐《な》めている。

「大沢勝子が行方不明になってくれればいいんです。私たちの手許《てもと》には、登記書類が揃っています。偽物とはいえ、本物と主張できるだけ巧妙に作られていますから。それを使って所有権移転登記をしてしまえばいいのです」

久住が無表情に言った。

「まさか殺すんですか?」佐藤の目が舐めるように光る。「だけど相続人が文句を言ってくるんじゃないですか?」

「文句を言ってきても、後の祭りです。すでに本人と契約したと言えばいいんです。銀行員が立ち会っていたんですから」

久住がシャンパンを飲んだ。

「まあ、そこまで凶悪で物騒なことは考えなくてもいいでしょう」佐藤は無理に笑い、空《あ》いたグラスにシャンパンを注《つ》いだ。

「殺した後、私の土地に死体を埋めるなんて嫌ですからね。そんなことをしなくても、今頃、銀行の連中が大慌てで大沢を説得してくれているでしょう」

「銀行員の交渉が上手くいくとは思えません」

久住は相変わらず無表情だった。

「だったら周辺の土地を全部買収し、工事を開始してプレッシャーをかけるってのはどうですか？」

佐藤はまんざらでもないといった顔で提案した。

「そんな手ぬるい真似《まね》はだめでしょう」

言下《げんか》に否定され、佐藤は不愉快そうに口元を歪めた。今や、経営の主導権は久住に握られている。佐藤の会社なのに、何事も久住に相談しなくては進まないのである。

「じゃあ、どうするんですか」

「もう一度、高田町稲荷に登場してもらいましょう。そろそろ対決の時ですから」

久住が初めてにやりと笑った。

5

堀本は、乱暴に鈴緒《すずお》を振り回した。ジャラン、ジャランと乱れた鈴の音が、闇が迫った高田町稲荷神社の境内《けいだい》に響く。

人気《ひとけ》のない神社で紘一を説教するためだが、実際は、佐藤建設とのトラブル解決をお稲荷様に祈るしかないと思ったのだ。

「てめぇ、なぜあんなことを言ったんだ。許せねぇ。どれだけこっちが真剣になっても水の泡じゃないか」

堀本は、傍《かたわ》らに引き連れてきた紘一を詰《なじ》った。勝子に対して「この土地は絶対に売らないでください」と言った紘一に、堀本は心底腹を立てていたのである。

「すみません。ただ……」

紘一はうつむいたままだ。

「ただも何もないんだよ。馬鹿野郎。これで一二億円の賠償金は、お前が払うんだぞ。ああ、佐藤社長は銀行を訴えるぞ。俺の責任も問われるんだ。ああ、もうクビだ。お前のせいだぞ。この厄病神《やくびょうがみ》！」

堀本は、とうとう紘一の頭を拳で殴った。

紘一は抵抗しない。ひたすら頭を下げたままだった。

「もう、俺は帰る。明日、お前の席はないものと思え！」

堀本は捨て台詞《ぜりふ》を吐いて、神社の石段を駆け下りていった。

堀本のことだ、どこかで一人やけ酒でも飲むのだろう。紘一は、堀本の後ろ姿を眺めながら、申し訳ありませんと心の中で詫《わ》びた。

自分の軽率な行動で多くの人に迷惑をかけてしまった。自分などは死んだほうがました――と思うほどに気持ちが落ち込んでいたのである。

北海道で寂《さび》しく一人暮らしをしながら、紘一の出世に期待をかける母親の顔が浮かんだ。

ようやく顔を上げた紘一は、高田町稲荷神社の本殿に向き直り、財布を取り出した。賽銭《さいせん》は一〇〇円にしようかと思ったが、意を決して一〇〇〇円札に手を伸ばした。

——もし困ったことがあったら、高田町稲荷神社にお願いすれば、問題を解決してくださるから。

その日の昼過ぎ、誰もが紘一を敬遠するなかで、生野香織だけが親切に声をかけてくれたのである。

——あの人、優しいな。

紘一は、一〇〇〇円札を賽銭箱に入れた。

そして鈴緒を両手で握りしめ、左右に揺らす。

シャラン、シャラン。澄《す》んだ音がした。

「お稲荷様、申し訳ありません。すべて私の責任なのです。最初は、壱岐隆さんと神田川のほとりでトラブルを起こしました……」

壱岐とのトラブルについて裏アカウントで呟いたら、高田町稲荷の遣《つか》いと称する〝狐〟から連絡が入ったこと。その〝狐〟の予言した通りに、壱岐の家が放火されたこと……。紘一は洗いざらい、正直に話した。

「まさかお稲荷様が、放火などという許されざる悪行をされる訳がありませんよね。でも私は、壱岐が懲《こ》らしめられるのを見て、いい気味だと嬉しく思ってしまったのです。次の八雲のゴミ屋敷も同様です。私は、お稲荷様の力で、なんでもできるような錯覚《さっかく》に陥《おちい》りました。それが間違いの元でした。いい気になっていたのです」

紘一は、いつしか泣いていた。心から謝罪していた。今までの〝狐〟とのやり取りを全て告白した。そして〝狐〟が大沢勝子のお宅に放火するに及んで、疑問を持ち始めたことも。

「大沢さんは、善人です。今までのような町の嫌われ者ではありません。ええ、勿論《もちろん》、嫌われ者のお宅だから放火しても許されると言っているのではありませんが……」

勝子の自宅が放火されるのを目撃して、すぐに消防署に連絡した。すると今度は〝狐〟から脅《おど》されるようになった……。

「〝狐〟が怖いんです。もうどうしたらいいか分かりません。あの〝狐〟は高田町稲荷の遣いなんかじゃありません。偽物に違いないです。どうか助けてください」

紘一は顔を上げ、本殿を見つめた。そして溢れてくる涙を拭《ぬぐ》った。

「それからもう一つ、言っておきます。今、大沢勝子さんの土地の売買を巡ってトラブルに巻き込まれていますが、取引現場に現われたのが偽の大沢勝子さんであることは、佐藤社長も久住社長も知っていたはずです。私に口止めをしたんですから。このことを警察に話そうと思います」

紘一は頭を下げたまま、じっと動かない。境内はすでに暗闇が支配していた。明かりは本殿の外縁に置かれた灯籠《とうろう》だけだ。

「紘一さん」

背後から女性の声がした。

驚いて振り向くと、暗闇の中でぼんやりと白いものが動いている。涙で濡《ぬ》れた目でははっきりと形をなさないが、どうやら大柄な狐が立っているようだった。その左右には、小柄な狐も控えている。

「いったいあなたは？」

ギョッとして問うた紘一だったが、不思議と恐ろしくはなかった。むしろ、なぜか懐《なつ》かしさ、嬉しささえ感じるほどだった。

「高田町稲荷神社の遣いです。あなたの悩みを全て聞き入れました。何も心配することはありません」

大柄な狐が優しい声で言う。

「ありがとうございます。もう悪事に加担しません。やはり今まで私を苦しめていたのは偽の〝狐〟だったのですね。偽の〝狐〟に騙されたことをお許しください」

「一つ、お願いがあります」

紘一の謝罪には触れず、大柄な狐が告げた。

「なんでしょうか」

「偽の〝狐〟に対し、これからあなたが大沢勝子さんの自宅に放火する意志を固めたと、連絡を入れてください」

「ええっ、そんなことできません」

紘一は怯《おび》えた。勝子の自宅は何としても守らねばならない。『子ども食堂』を作るのだ。

「勿論、それは偽の連絡です。偽の〝狐〟をおびき出すんです」

「ああ、それなら」紘一はほっとした。「しかし、そんな手で狡猾《こうかつ》な〝狐〟がおびき出されるでしょうか」

「きっと来るはずです。彼もそれを望んでいると思われます」

大柄な狐の声は、どこかで聞いたような覚えがあった。しかし、どうしても思い出せない。

「分かりました。やってみます」

「では、今すぐ連絡してください。放火予定時刻は、明日の夜十時です」

「明日の夜、十時ですね」

紘一は狐の指示を確認し、スマートフォンを取り出して、暗闇の中でメールを打ち始めた。液晶の明かりが紘一の顔を照らす。

「メッセージを送りました」

紘一が顔を上げた時、視界の先にはただ暗い闇が満ちているだけだった。

紘一は、理由も分からず安堵《あんど》のため息を漏《も》らした。その途端、涙が溢れてきた。

6

高田町は闇の中に沈んでいた。折からの強い北風が吹き荒れている。天気予報によれば、大陸から低気圧が押し寄せているらしい。今年は暖冬といわれているが、天気予報によると今夜は初雪になるかもしれない。

午後十時。大沢勝子の自宅の前に、紘一は佇《たたず》んでいた。

紘一が自ら放火すると言った以上、ここにいる必要がある。しかし以前とは違い、紘一には不安も恐怖もなかった。大きな力に守られているという安心感がある。

コーン、コーン。

夜のしじまによく響く狐の鳴き声が聞こえてきた。紘一が振り向くと、そこには白装束《しろしょうぞく》の狐面の男が立っていた。手に何か棒のようなものを持っている。

「来てくれましたか」

紘一は落ち着いた口調で言った。

「お前が、大沢勝子の家に火を放つと言うから、やってきた。さあ、やるんだ」

〝狐〟は命じ、手に持った棒――たいまつの先に火をつけた。その炎が、一瞬にして周囲の闇を照らす。〝狐〟の顔が赤く染まった。耳元まで裂けた唇《くちびる》は、まるで血に染まっているかのようだ。

「これで屋敷に火を放て」

たいまつを差し出し、〝狐〟は言った。

「やりません」

紘一は毅然《きぜん》と言い放った。

「なんだと」

〝狐〟は怒りを露わにし、紘一に詰め寄った。

「私は、本物の高田町稲荷神社のお遣いに頼まれて、偽物のあなたを呼び出しました」

紘一は怯《ひる》むことなく、淡々《たんたん》と告げた。

「ははは」〝狐〟が声を上げて笑った。「どうせそんなことだろうと思っていたぞ。遅かれ早かれ、あの狐とは対決しなければならなかった。今が、その時だというのだな」

「今もどこかで私を見守ってくださっているはずです」

「あいつにお前が守れるものか。まあいい。私には、あいつと対決する前にやらねばならないことがある。この家を紅蓮《ぐれん》の炎で焼き尽くすのだ。お前がやらないなら私がやる。邪魔するではないぞ」

〝狐〟がたいまつを高く掲《かか》げた。火《ひ》の粉《こ》が、闇の中で、高く大きく舞い上がった。

「止《や》めてください」

紘一は〝狐〟の手を摑《つか》もうとした。

その時、突然、闇の中から新たに白装束の狐たちが、手に手に赤々と燃え上がるたいまつを持って現われた。白装束に隠されているが屈強な体格の狐が三人。偽の〝狐〟と合わせて四人になった。全員大柄で殺気を放っている。彼らが紘一を取り囲んだ。紘一は思わぬ事態に、わっと悲鳴のような驚愕《きょうがく》の声を上げた。

「仲間を呼ぶなんて！」

深夜の住宅街に、紘一の叫びが虚《むな》しく響く。

四人もの敵に囲まれてしまうと、動揺した紘一には、どれが頭領格の〝狐〟なのか分からなくなってしまった。

「まあ、見ているがよい。そろそろ風が強くなってきた。いい頃合いだ。風に煽《あお》られ、大沢の屋敷だけでなく、高田町界隈《かいわい》をこの紅蓮の炎が覆《おお》い尽くすことだろう。かかれ！」

正面の〝狐〟が叫んだ。

四人の狐は、一斉にたいまつを屋敷に向かって投げた。

たいまつは、真っ赤な炎のアーチを描きながら紘一の頭上高く飛んでいく。

「止めろ！」

紘一は悲痛な叫び声を上げた。

しかし炎を長く伸ばしたたいまつは、次々と塀を乗り越えていく。それらは勝子の庭を、屋敷を、それほど時間をおかずに焼いてしまうことだろう。

紘一は、ひどく後悔した。高田町稲荷神社の遣いからの指示とはいえ、恐ろしい放火魔を呼んでしまった責任を感じたのだ。

「いよいよお出ましだな」

不意に〝狐〟の一人が叫んだ。

その声に反応して紘一が振り返ると、背後に、もう一人、別の狐面の男が立っていた。やはり白装束だ。

狐は、紘一を庇《かば》うように、紘一の前に進み出た。

「高田町稲荷神社の遣いの名で、数々の悪事を働いたこと、断じて許しがたい。お前のような悪党は私が成敗《せいばい》いたす。高田町稲荷神社の名に懸《か》けて」

狐の朗々《ろうろう》とした声が闇を震わす。

「大変です。たいまつが大沢さんの屋敷に投げこまれました。早く消さないと火事に……」

紘一は狐の背中に声をかけた。

「大丈夫だ。心配いたすな。手は打ってある」

狐は、振り向くことなく言った。

確かにたいまつは投げ込まれたが、屋敷内からまだ炎は上がっていない。紘一はようやく落ち着きを取り戻し、その場を逃げるように離れ、屋敷の塀にもたれかかった。

目の前では、全く同じ見た目の白装束の狐面の男たちが睨みあっている。一対四である。

顔に冷たさを感じ、紘一は慌てて空を見上げた。闇から白いものが溢れるように舞い降りてきている。

「雪だ……」

予報通り、激しく降り始めた。風もある。雪が舞う。まるで白いカーテンが宙に揺れているようだ。一気に真冬が到来した。まるでそれは〝狐〟たちが投げたたいまつの炎を消そうとするかのようだ。

紘一は寒さを忘れていた。対峙《たいじ》している狐たちから目を離すことができない。顔に容赦《ようしゃ》なく雪が吹きつけ、肩に白く積もる。

「やってしまえ」

四人の真ん中の〝狐〟が声を上げると、左右の三人の仲間が、相対する本物の狐に向かっていく。

卑怯《ひきょう》にも三人は手に光るものを握っていた。ナイフだ。

三人はナイフを振り上げると、甲高《かんだか》い叫び声をあげ、一人の狐に襲いかかる。

「あっ」

紘一は驚きの声を上げた。本物の高田町稲荷の遣いが、忽然《こつぜん》と姿を消したのだ。

三人の〝狐〟は、ナイフを大きく空振《からぶ》りさせ、慌てふためく。その時、「ぎゃっ」といううめき声とも悲鳴ともつかぬ声を上げ、三人のうちの一人が地面に倒れ込んだ。

本物の狐は闇夜に飛び、一瞬のうちに彼らの視界から消え失《き》せたかと思うと、長い足を伸ばして一人の喉を蹴りつけたのである。喉を潰《つぶ》され、一時的に呼吸を止められた男は、気を失っているのか、地面に伸びたまま動かない。

「まずは一匹!」

本物の狐が言った。

「このやろう！」

残った二人の〝狐〟が再び襲いかかり、ナイフを突き出す。

本物の狐は身体《からだ》をひねって、二本のナイフを巧《たく》みに避《よ》けた。そして片方の腕を自分の腕に巻きこむようにして身体を反転させる。

「ぎゃあ！」

〝狐〟の泣き叫ぶ声とともに、その手からナイフがこぼれ落ちた。同時にボキッという鈍《にぶ》い音が、紘一の耳にもはっきりと聞こえた。紘一も自分の腕が折れたかと錯覚して、どきりとした。腕を折られた男は、うっすらと積もり始めた雪の中に、うつ伏せで倒れ込んだ。

「これで二匹！」

本物の狐は息ひとつ乱さずに宣言する。

最後に残った男は、もはや腰が引けている。ただ闇雲にナイフを振り回しているだけだ。

「何をしている。やれ！」

頭領格の〝狐〟が苛立《いらだ》った声を出す。

「うぉおおお！」

進退窮《きわ》まった男はナイフを片手に叫び声を上げ、本物の狐に突っ込んでいった。

本物の狐は、一瞬の間合いを見逃さず、膝《ひざ》を折り、しゃがみこんだ。敵の身体の下に潜《もぐ》り込む。「えいっ」と勢いをつけると、両手で敵の身体を持ちあげ、そのまま投げた。

ボクサーの輪島功一《わじまこういち》が得意としたカエル跳びと、柔道の巴投《ともえな》げを組み合わせたような技だ。

敵は突っ込んだ勢いそのままに、闇の中をスーパーマンよろしく両手両足を広げて飛んだ。そして紘一が身を寄せる塀《へい》の壁に、したたか頭を打ちつける。「うーん」という小さなうめき声を発し、男は気を失った。

紘一は、男が本当に気を失ったか確かめるために、その脇腹を蹴ってみた。何の反応もない。

最後の一人、頭領格の〝狐〟は、と見ると、その手に黒光りするものがあった。

「あっ、危ない！」

紘一は咄嗟《とっさ》に声を上げた。〝狐〟の手には拳銃が握られていたのである。

本物の狐は、倒した三人に注意を向けており、まだ拳銃に気づいていない。紘一は、反射的に本物の狐に駆け寄った。恐怖も何も感じなかった。とにかく助けなければならないと思ったのだ。

視界を雪が塞《ふさ》ぐ。顔に雪が当たり、凍《こご》えるほど冷たい。そう感じた瞬間、どこか遠くでパン！　と弾《はじ》けるような音が聞こえた。途端《とたん》に身体が焼けるように熱くなった。

「馬鹿野郎、邪魔しやがって」

呪うような声が聞こえた。偽の〝狐〟の声だった。

「許せない」

事態を把握《はあく》した本物の狐が声を荒らげた。

紘一の薄く開いた目に、本物の狐が飛ぶのが見えた。

また銃声が鳴った。二人の白装束が交錯《こうさく》する。

雪の積もった道路の上で、二人の狐が揉み合っている。遠のく意識の中で、どちらが本物なのか、紘一には判然としなくなった。二人は路上を転がりながら、激しく殴り合っている。ふと、紘一の手に何かが触れた。見ると、拳銃だった。偽の〝狐〟が取り落としたものだ。紘一はそれを摑んだ。想像以上に重い。もし偽の〝狐〟が戦いに勝って近づいてきたら、それで抵抗するつもりだった。

片方の狐が、他方の狐の上に馬乗りになった。

「高田町稲荷の遺いを騙り悪事を働く者、この私が許さない！」

鋭く叫び、拳を振り下ろす。その拳は、狐面にぱっかりと罅《ひび》を走らせ、その下の頬骨《ほおぼね》に炸裂《さくれつ》した。殴られたほうの狐は、ぐったりと動かなくなった。

馬乗りになっていた狐が身体を起こし、紘一に向かって歩いてくる。

戦いを制したのは、果たして本物なのか？　偽物なのか？

紘一は、力の入らない手にありったけの力を込めて拳銃を構えた。歩いてくる狐に狙いをつける。

――吉瀬さん、もう終わったよ。私を救ってくれてありがとう。

どこかで聞き覚えのある優しい響きの声がした。

拳銃を握る手の力が緩《ゆる》んだ。拳銃が道路に落ちる。

「しっかりして。紘一さん」

紘一が振り向くと、降りしきる雪の中で香織の顔が見えた。

「もう大丈夫よ。すぐに救急車が来るから」

「悪い奴らは？」

「みんな高田町稲荷のお遣いがやっつけてくれたわ」

紘一が振り返ると、そこには四人の偽の〝狐〟たちが倒れているだけで、本物の狐の姿は消えていた。

「あの狐様は？　どこに行った？」

「神社にお帰りになられたようね。紘一さんの勇気に助けられたって喜んでおられたわ」

「そうですか……。よかった。でも、みなさんにはご迷惑をおかけしました。本当にごめんなさい」

涙のせいなのか、顔に落ちて解けた雪のせいなのか分からないが、紘一の視界がぼやけた。香織の顔がはっきり見えないのが残念だと思いながら、紘一は気を失った。

7

入院先で紘一は、警察の事情聴取を受けた。

紘一は、事の顚末《てんまつ》を全て正直に話した。

偽の〝狐〟とのメッセージのやり取りも証拠として提出された。〝狐〟が放火の真犯人であることが、そのメッセージによって明らかになった。発信元を辿ると、偽の〝狐〟の正体は久住だった。

紘一自身は、直接放火に及んだわけではないが、第一、第二の現場に居合わせながら通報しなかったことを謝罪した。

そして、佐藤と久住の依頼を受け、ローン申し込み者のデータを改竄《かいざん》したことも証言した。

この件は、警察が関与することではないため、高田通り支店に報告された。古谷支店長は驚き、堀本課長にローンが延滞していないか調査させた。幸《さいわ》いにも延滞はなかった。

ローンはそのまま継続されたが、本部ではこれを契機に、ローンに関するデータの改竄が行なわれていないか、全店調査に踏み切った。すると続々と支店で行員たちがローン実行に当たってデータ改竄に手を染めている事実が報告された。

驚いた本部は第三者委員会を立ち上げてこれを早急に調査させることにした。行員に対する過剰《かじょう》なノルマがデータ改竄に繋《つな》がったのではないかと考えられ、ローンのノルマが廃止されることになるかもしれない。

その意味では紘一の過《あやま》ちが、第七明和銀行の業務改革に繋がる可能性がある。そうなれば不幸中の幸いである。

佐藤は、高田町界隈の地上げ計画については認めたが、放火を教唆《きょうさ》した容疑は完全に否認している。

——なんで狐なんか使って放火するんですか。

これが佐藤の言い分だ。

紘一を追い詰めた偽の〝狐〟の正体は久住だったと思われるのだが、その素《す》姓《じょう》や居場所に関して、佐藤は完全黙秘《もくひ》を貫《つらぬ》いていた。

あの雪の日、一味の頭領格として狐面を被《かぶ》っていたと思われる久住は、本物の狐に倒されたものの、警察と消防が駆けつける前に、他の三人の〝狐〟とともにいつの間にか姿を消してしまっていた。

久住はいったい何者なのか。警察は素姓を洗うのに苦労しているらしい。

「奴は、かなりのプロだ」

これが取り調べに当たっている高田署の斎藤《さいとう》刑事の感想である。

それからもうひとつ。紘一の証言から、日曜日の土地取引現場に現われた偽の〝大沢勝子〟と司法書士の似顔絵を作成したところ、彼らが有名な地面師グループの一員であると判明した。警察は事実関係を精査したうえで地面師を逮捕した。

幸いなことに佐藤や久住が地面師グループと勝子の土地を騙し取ろうと協議した際の音声録音が彼らのスマホに残っていたのだ。彼らは、後で佐藤を恐喝しようと音声を残していた。それが彼らにとって仇《あだ》になったのである。

これにより、佐藤建設が地面師詐欺の被害を受けたという主張も虚偽《きょぎ》だと判明した。

実際は地面師たちと佐藤建設がグルになり、土地代金を脱税し、裏金にしようと画策《かくさく》したのだった。

バンクンの指摘通りだったのである。

8

大沢勝子の屋敷内に、明るく、活気ある笑い声が溢れている。

晴れてオープンの日を迎えた『子ども食堂』の厨房《ちゆうぼう》では、勝子が忙しく料理を作っている。

「おばあちゃんが作る煮ものだから、小さい子どもさんの口に合うかね」と心配そうに呟く勝子だが、どこか嬉しそうだ。

木梨たち早明大学の若者たちも、フロアで忙しく立ち働いている。ある者はテーブルの準備をし、ある者は子どもたちに勉強を教えている。

その一角で、多加賀主水も子どもたちと一緒に遊んでいた。主水は案外、手先が器用なのだ。精巧《せいこう》に作られた竹トンボに、子どもたちから歓声《かんせい》が上がる。

生野香織と椿原美由紀は、子どもたちにとっての「鉄板」である愛すべき料理、ハンバーグカレーを作っている。

かぐわしいカレーの香りが部屋に満ちると、子どもたちが「早く食べたい」と集まってくる。

賑《にぎ》やかな中に紘一もいた。紘一は警察でこっぴどく叱《しか》られたが、罪に問われることはなかった。

また、銀行からもローンデータ改竄の件で処分されたが、戒告《かいこく》程度の罰で済んだ。人事部に対して支店長の古谷が、強く働きかけた結果だった。

――紘一がこのような不正に走ったのは、支店長以下の管理職が、部下の苦労に理解を及ぼさなかったからだ。それに加え、命の危険を顧《かえり》みず勇敢にも悪人と戦い負傷したのである。

そう言って、寛大《かんだい》な措置《そち》を要望したのだという。

紘一は、ハンバーグカレーを配膳する係を受け持っていた。偽の〝狐〟に拳銃で撃たれ、傷ついた右腕からはまだ包帯が取れていない。時々、疼《うず》くことがある。それでも右腕をかばいながら、左手を上手く使って仕事をこなした。

紘一の前に並ぶ子どもたちの列の中に、紘一はコウイチを見つけた。

「コウイチ君、いっぱい食べるんだよ」

紘一は、コウイチの皿から溢れそうなほどにカレーを注いだ。

「おじさん、ありがとう。あのときのカップラーメン、美味《おい》しかったよ」

コウイチはカレーの皿を両手で大事そうに抱え、笑みを浮かべた。

「そうか。美味しかったか」

紘一は微笑《ほほえ》みを返した。

その途端、嬉しさで顔がくしゃくしゃになり、涙が止まらなくなった。

「ありがとう。こちらこそありがとうと言わせてくれ。コウイチ君」

あの時見せたコウイチの素直な笑顔が、紘一を最悪の事態から救ったともいえるだろう。

主水は離れた場所から、涙を流す紘一を見つめていた。そこにバンクンが近づいてきた。子どもたちを喜ばすために連れてきたのである。

「主水サン、人間って、よく泣くんデスネ」

バンクンが言った。

「そうだよ、嬉しい時、悲しい時、いつだって人間は涙が出るんだ。泣けるんだよ」

「バンクンは涙が出ません」

そう言うバンクンは、どことなく寂しげだった。

「バンクンが泣いたら、人間になってしまうよ。間違いや失敗もする人間にね。それでもいいかい」

主水は微笑みかけた。

「うーん、ちょっと考えさせてクダサイ」

バンクンは答えた。

「その答えは難しいぞ。とことん考えてくれ。それはさておき、これからもよろしくな」

主水はバンクンの頭を撫《な》でた。紘一が不自由な右手でコウイチの頭を撫でているのが目に入った。紘一は、涙を拭うこともなく、コウイチの頭をただ優しく撫でていた。

（この作品は、『小説ＮＯＮ』（小社刊）二〇一九年一月号から六月号に連載され、著者が刊行に際し加筆・修正したものです。また本書はフィクションであり、登場する人物、および団体名は、実在するものといっさい関係ありません）

庶務行員　多加賀主水がぶっ飛ばす

一〇〇字書評

切・り・取・り・線

購買動機（新聞、雑誌名を記入するか、あるいは○をつけてください）

- □（　　　　　　　　　　　　）の広告を見て
- □（　　　　　　　　　　　　）の書評を見て
- □ 知人のすすめで
- □ タイトルに惹かれて
- □ カバーが良かったから
- □ 内容が面白そうだから
- □ 好きな作家だから
- □ 好きな分野の本だから

・最近、最も感銘を受けた作品名をお書き下さい

・あなたのお好きな作家名をお書き下さい

・その他、ご要望がありましたらお書き下さい

住所	〒				
氏名		職業		年齢	
Eメール	※携帯には配信できません		新刊情報等のメール配信を 希望する・しない		

この本の感想を、編集部までお寄せいただけたらありがたく存じます。今後の企画の参考にさせていただきます。Eメールでも結構です。

いただいた「一〇〇字書評」は、新聞・雑誌等に紹介させていただくことがあります。その場合はお礼として特製図書カードを差し上げます。

前ページの原稿用紙に書評をお書きの上、切り取り、左記までお送り下さい。宛先の住所は不要です。

なお、ご記入いただいたお名前、ご住所等は、書評紹介の事前了解、謝礼のお届けのためだけに利用し、そのほかの目的のために利用することはありません。

〒一〇一－八七〇一
祥伝社文庫編集長　坂口芳和
電話　〇三（三二六五）二〇八〇

祥伝社ホームページの「ブックレビュー」からも、書き込めます。

http://www.shodensha.co.jp/bookreview/

祥伝社文庫

庶務行員《しょむこういん》　多加賀主水《たかがもんど》がぶっ飛《と》ばす

令和 元 年 7 月 20 日　初版第 1 刷発行

著　者　江上《えがみ》　剛《ごう》
発行者　辻　浩明
発行所　祥伝社《しょうでんしゃ》
東京都千代田区神田神保町 3-3
〒 101-8701
電話　03（3265）2081（販売部）
電話　03（3265）2080（編集部）
電話　03（3265）3622（業務部）
http://www.shodensha.co.jp/

印刷所　萩原印刷
製本所　ナショナル製本
カバーフォーマットデザイン　芥 陽子

Printed in Japan ©2019, Go Egami　ISBN978-4-396-34542-6 C0193

祥伝社文庫の好評既刊

江上　剛　庶務行員　多加賀主水《たかがもんど》が許さない

合併直後の策謀《さくぼう》うずまく第七明和《だいななめいわ》銀行。その支店に配属された庶務行員、多加賀主水には、裏の使命があった――。

江上　剛　庶務行員　多加賀主水が悪を断つ

人心一新された第七明和銀行。しかし新頭取の息子が誘拐されて……。主水、国家の危機に巻き込まれる！

江上　剛　庶務行員　多加賀主水が泣いている

死をもって、行員は何を告発しようとしたのか？　主水は頭取たっての極秘指令を受け、行員の死の真相を追う。

江波戸哲夫　集団左遷

無能の烙印を押された背水の陣の男たちが、生き残りを懸け大逆転の勝負に挑む！　経済小説の金字塔。

佐藤青南　市立ノアの方舟　崖っぷち動物園の挑戦

廃園寸前の動物園を守るため、シロウト園長とヘンクツ飼育員が立ち上がる、真っ直ぐ熱いお仕事小説！

木宮条太郎　弊社より誘拐のお知らせ

商社の名誉顧問が誘拐された。身代金は七億円。肩書だけ危機管理担当の平社員が前代未聞の大仕事を任される！

祥伝社文庫の好評既刊

祥伝社文庫の好評既刊

柚月裕子　パレートの誤算

ベテランケースワーカーの山川《やまかわ》が殺された。被害者の素顔と不正受給の疑惑に、新人職員・牧野聡美《まきのさとみ》が迫る！

大下英治　逆襲弁護士河合弘之《かわいひろゆき》

バブルの喧騒《けんそう》の中で、ビジネス弁護士として立身した男。現在、反原発の急先鋒として闘い続ける彼の信念とは？

大下英治　不屈の横綱　小説　千代の富士

剝《む》き出しの闘志で我々を虜《とりこ》にした伝説の横綱。国民から愛されたスターの裏には、想像を絶する苦労があった——。

大下英治　最後の怪物　渡邉恒雄

ナベツネとはいったい何者なのか。メディア、政界、プロ野球界……あらゆる権力を掌握した男の人生に迫る！

柴田哲孝　完全版　下山事件　最後の証言

日本冒険小説協会大賞・日本推理作家協会賞W受賞！　関係者の生々しい証言を元に暴く第一級のドキュメント。

柴田哲孝　TENGU（てんぐ）

凄絶なミステリー、かつ類《たぐ》い希《まれ》な恋愛小説。群馬県の寒村を襲った連続殺人事件は、何者の仕業なのか？

祥伝社文庫の好評既刊

柴田哲孝

渇いた夏 私立探偵 神山健介《かみやまけんすけ》

伯父の死の真相を追う神山が辿り着く、「暴いてはならない」過去の亡霊とは⁉ 極上ハード・ボイルド長編。

柴田哲孝

オーパ！の遺産

幻の大魚を追い、アマゾンを行く！ 開高健《かいこうたけし》の名著『オーパ！』の夢を継ぐ旅、いまここに完結！

柴田哲孝

早春の化石 私立探偵 神山健介

姉の遺体を探してほしい——モデル・佳子《けいこ》からの奇妙な依頼。それはやがて戦前の名家の闇へと繋がっていく！

柴田哲孝

冬蛾《とうが》 私立探偵 神山健介

神山健介を訪ねてきた和服姿の美女。彼女の依頼は雪に閉ざされた会津《あいづ》の寒村で起きた、ある事故の調査だった。

柴田哲孝

下山事件 暗殺者たちの夏

昭和史最大の謎「下山事件」。「小説」という形で、ノンフィクションでは書けなかった〝真相〟に迫った衝撃作！

柴田哲孝

Mの暗号

推定総額30兆円。戦後、軍から消えた莫大な資産〈M資金〉の謎。奇妙な暗号文から〈獅子〉が守りし金塊を探せ！